自序

劉延湘

有一天，當你打心坎裡覺得自己的文章也「不過爾爾」的時候，我得好好地恭賀你了。因為，這不但表示你踏出了變成一個起碼的作家的第一步，而且，你的晚年也不會無事可做，儘可以活到老，寫到老啦！

斷斷續續寫作多年，最近才豁然大悟，自己是不過爾爾罷了。於是，我刻薄著面孔，鐵石著心腸，重讀自己這兩年來，向幾種報刊有限的園地，誠惶誠恐、臨深履薄地投出去，居然沒有石沉大海，而是望穿了秋水，榮登了金榜的三十多篇文章，這才發現到其中的辭彙之短絀，敘述之生硬，行文也有捉襟見肘之憾。尤其，「沒完沒了」這四個字在文章裡使用得未免太濫了！

誠如對我的評價苛刻如猛虎的我女兒說，你寫那些東西，若不是談大花狗，就是講魯迅，還有那些拾人牙慧的意見，沒完沒了，沒完沒了！

怯弱膽寒之餘，我不禁要自問了，我真的那麼懂得狗嗎？我真的那麼欣賞魯迅和那些拾人牙慧的意見嗎？

唉，且先繞個圈來說吧。

如眾所周知環境污染之源有許多，攝影之底片沖洗處理製作產生的廢水棄物，便是其中之一，它雖非污染的罪魁禍首，但畢竟也難逃其咎的。

然而，我們天天看見有人怕塑膠袋氾濫成災，去購物時自備固定的購物袋；怕有礙觀瞻，蹓狗時替牠自備排泄袋；但極少有人，即使那些自稱為「環保尖兵」的人，為了怕污染永續的美麗的大自然而悍然拒絕拍照的。

日本人稱相片為「寫真」。也無非是說拍攝出來的人像再也不是「本人」，而是本人被描「寫」而成的他的影子！

人愛照鏡子，說穿了是崇拜自己的影子。

寫作的行動是拍攝，其作品是一幅一幅的「寫真」而已！

影子比實物有價值，因為你可以一次又一次地，「沒完沒了」地欣賞它，而沾沾自喜，而洋洋得意！

人其實只能感知，愛或欣賞自己的影子，這道理也不必要等到存在主義大師沙特，用什麼主體只能感知客體，主體無法感知主體的本身來論證了。而人也是靠自己的影子在了解或欣賞別的東西。換言之，人，不是什麼，只是個影子。
現在，我得作總結了，我懂得我家的大花狗，其實只是我自己的影子懂得狗的影子，我欣賞魯迅的文章呢，也不過是自己的影子欣賞魯迅的影子所製造出來的影子罷了！

八十三年九月二日於颱風後的臺北

心路的嬉逐

說魯迅

論雜事

隨　想

談狗

流浪⇄歸來

古來謙稱自己的兒子爲小犬，雖僅爲稱謂上的一種禮俗，也無非是暗示天下爲人父母者，待兒子之道與待狗並無太大的不同吧。

我有兒亦有狗，多年來的「生聚教訓」結果使我發現，若當眞能把兒子視同「小犬」，倒比奉教育心理學爲圭臬的時髦父母，更能掌握親子關係的實像。

倘若你也有兒亦有狗，不免會痛心於親子溝通，就像主人與他的狗之間的溝通，總是「此路不通」。最後雙方只好宣告「談判破裂」，不歡而散。

雙方愈是遇到重大的困惑與衝突，溝通愈是無用。至於造成了的裂痕，要大事化小、小事化無的唯一方式，乃古來聖賢所言的「寬恕之道」。而所謂的寬恕，落實在現代的日常口頭語上，就是沒完沒了的「給他機會」。講得更白一點，就是「隨他去」！

由兒子的一方去寬恕老子是不可能的，正如要狗去寬恕主人之不可能。所謂「天下無不是的父母」，其實也就是「天下沒有不寬恕兒子的父母」的意思。你可別以為一直由老子這方面去寬恕兒子，有欠公平。因為當有一天兒子自己也做了他人的老子，也是得一直由他去沒完沒了的去寬恕他的兒子的。

永遠一直是被主人寬恕著的狗，也沒撿到便宜。正因為牠永無寬恕別人的能力和胸襟，所以牠必須終生一世為狗。永無升級晉等之日。即使做了狗的老子，牠也永遠和牠的兒子，以及兒子的兒子，平起平坐。

養子如飼小犬，待兒如待狗的大道理，不是能從書本裡找得到的。你必得花心血，歷盡一些辛酸為代價去換取。

畢竟在「正常觀念」裡，兒子與小犬不能同日而語。雖說生活在同一個家庭之中，一個貴為一家之「公子」哥兒，一個嘛不過是仰人鼻息的賤畜生，於家人眼中的地位及所受待遇，兩者何異霄壤之別？

然則，當天下父母正在等待他們遲歸的兒子，天下的狗主人正在尋找走失了的狗，其殷殷盼望之痛切，其灼灼憂心之焦苦，可說並無高下軒輊之分。

本人對貓狗之類，天生沒啥好感，對一切被稱之為「寵物」的東西，總也寵不起來。但素有「狗緣」的我的先生，卻於他們拆遷了的工廠，弄回一隻半大不小、半洋不土，別人都不要的狗。既來之而不飼之，是不行的。但這一「飼」便是兩年多，我天天與之「長相左右」，對狗的習性及行徑，不免日漸熟稔了一些。前不久更見識牠那詭異的「天有不測」的偷溜外出過夜的習氣。

追逐異性是家犬偷溜的主要誘因，自不待言。最初幾次，總是開溜不久即由我先生騎著機車到所有有母狗的巷道去召回。但牠仍不願返回，而必須去召個兩三次才肯回駕的情形卻愈來愈多。有的時候，根本溜得不見蹤跡，但隔一個小時左右，一定會自動乖乖回來。

終於有一個傍晚，我照例帶著牠出蹓。半途，稍未加留神，就讓牠給趁機溜之大吉了。

當時心想，不打緊的，反正隔一陣子總會自己回來。

不然。直到早已超過牠平常應該返回的時刻了，卻是連個狗影兒都沒有。爲了等牠，那天的晚餐更晚才開飯，全家人靜默的進餐，嘴裡緩緩的咀嚼，耳朵卻在注意屋外的動靜：可否有牠飛奔回來時一路的吠叫。

那次的出走一共長達四個多小時才回來。自此以後，牠的出走行動更爲頻繁，在外逗留時間也更長。不去找牠，牠就不歸巢的情況，時時發生。甚而犯下了徹夜無歸的「前科」紀錄。此後，我對牠「另眼相待」起來，並開始探究並思索牠這種不安於室的、一心一意要出去流浪的意圖與行徑。

秋末之際牠闖下了一次驚人的大出走事件。那陣子我們的寶貝兒子也因遲歸甚而徹夜不歸，引發溝通不成、「親子不和」，一家人陷進痛苦萬分的情狀。這兩件事同時迸發交疊，待兒如待狗之道，便是這樣豁然悟出的。

那次牠已經出走了三天四夜，我已經放棄尋回的希望，最後決定放棄牠，是我先生的幾句話。他說：

「這樣走掉也乾淨，兩不相欠。是牠這條狗自己不知好歹，要逃跑的，又不是我們遺棄了牠。」

他的說法，若施諸於兒子的身上，便是：

「親子間破裂就破裂，是這兒子他自己不惜福不爭氣，不是我們沒給他機會！」

但「乾淨」、「兩不相欠」、「破裂就破裂」等等都不過是一時給自己解圍和下臺階的氣話。世上的父母與世上的狗主人，對他們自己的兒子自己的狗，其實都不是那麼輕易地提得起放得下的。

記得家犬旺旺出走的第四天，剛好是個假日，我再度抱著不妨試試運氣的心理，前去尋覓牠的下落。

出得門來，一路上只見那幾隻眼熟的野狗，這時候都像在向我「示威」了。平日只覺牠們不起眼，又髒又癩又猥瑣。此刻，彷彿聽到牠們在暗笑了：

「我們雖都是沒人要的臭野狗，但好歹我們是一條條的狗，是就在你眼下的狗！至於你的那條寶貝狗，卻連個影兒也沒有了！慢慢找吧！」

一年多前，我們的寶貝兒子曾闖下了一件麻煩，爲人父母的我們，雖痛心疾首，又不得不出面前往解決。記得那天早晨也是一個假日，一路上看見許多青少年，年紀大約和我們兒子相仿，都在準備出遊或什麼的，他們實際上大約都不見得是怎麼的聰明優秀肯上進吧，但那時看在我們的眼裡，不知怎的，格外羨慕。我先生和我都不約而同的感嘆起來：

「爲什麼別人家的孩子都那麼可愛啊！」

頂著疾風冷雨，撐著那把藍格子傘之下的，是我失落的心，我一個人鬱鬱的直奔牠可能去的方向。終於來到一條坡道的盡頭，前頭放置一大堆廢鐵雜物什麼的，另有三兩名穿長筒膠鞋的工人在搬運走動。一輛龐巨的貨車停在空地的一側，我從遠處低頭瞧過去，車底下有個毛茸茸的東西在動。

牠的毛色和大小使我頓時心驚肉跳，才不過流落在外三、四天，怎麼竟會弄得如此邋遢和不堪入目。但心想只要找到就好。於是速速迎向前去，牠亦似有所感，從車底下懦懦的鑽將出來。等到我和牠一旦面面相覷，眞是令人失望，又令人安慰。

安慰的是那麼醜陋和邋遢的狗不是我們家的；失望的是那「看似」我們的「旺旺」，事實上卻不是「旺旺」，只是一條陌生的別的狗，我們的「旺旺」，仍下落不明！

稍事停留之際，我又發現一條更搶眼的狗。牠是一隻三足犬，平日天氣好時，牠偶爾會出現在我們居家附近的巷道中。牠總是挨著近垃圾堆的一棵樹蔭或一道矮牆邊瑟瑟縮縮，四下顧盼，一拐一躍的行走著。路人見著牠那曬著太陽的殘佝的軀體，又髒又癩，厭惡之餘，不免心生一絲憐憫。總想這奄奄一息的流浪狗，如此苟延殘喘，不如早死早超生爲妙吧。

但生命持續下去的強韌力，往往是超乎人們想像的。就這麼經年累月的，牠不知逃過多少次飢餓、疾病、惡劣天候的劫難，存活下來。歲月悠悠，冬去春來，在某個好天氣的日子裡，總見到牠好端端的用三隻腳，在和風煦日下享受牠未盡的生命。

至於在這淒風苦雨的時候，原來牠是藏身於這荒僻的廠房空疏蕭索的廊沿之下啊！於是，我開始鍥而不捨的逼視牠，跟追牠。這時牠或許察覺情況有異，急速的一拐一躍的向廊道的盡頭躲避起來。

或許正是那驚異的自衛能力，使牠身體內奄奄一息的生命之火，總也不肯熄滅。

現在我開始覺得我正在尋找的，並不是一隻狗，而是一個生命，像那可悲可憫的三足犬眼中亮著的生命！

我又似乎變成了《聖經》中的牧者，負著沈重的使命，一定要去將一隻失了群的、迷了途的羊，尋覓回來！

當我聲聲呼喚著牠的名字，別的狗或抬起頭張望，或豎起耳朵傾聽，牠們凝神的刹那，使我憶及「旺旺」那相似的表情而不禁感傷。牠們因我的呼喚而憶起牠們原來的主人，或許也會心酸的。

「旺旺」在牠出走之後的第六日清晨，突然聽見牠殷殷的吠叫著從屋外奪門而入，牠畢竟歸來了。

牠歸來的欣喜，浴火重生般的歡躍，以牠溜溜轉的雙眼和興奮的「行爲語言」傳達給了我們，終於使我們心中惶然的失落感塡平了。可是，歸來不久的牠，才發現變得虛耗疲弱，前足趾肉墊龜裂，頸環鬆開了兩格，眼下有血痕，臀部有刺傷，皮毛也變得異常粗澀等等的現象，無不引發我們許許多多的聯想。不過，只是憑藉這些蛛絲馬跡，總也無法「解碼」牠出走六天的一切遭遇，究竟是怎麼回事。

在這個節骨眼兒我眞恨不得牠能說話，人狗能溝通該多好。只要能語言，就不怕找不到眞相。必要時至少還能「逼口供」！

但眞能說話，能溝通，甚至逼口供套出事情眞相，眞的有用嗎？

爲了兒子好，我們說話說破了嘴，「溝通」的次數，可說達到了N次方的N次。但他仍是我行我素，三不五時結夥遊宴，徹夜不歸，狗改不了吃屎，傷自身更傷父母心。

至於那改不了吃屎的眞正的狗，即使能說話，人狗得以溝通，表情達意，暢所欲言，一旦牠覺得該溜出去的時候，絕對是照溜不誤的。

對於會說話的兒子，總可以查問得出他在外面都做了些什麼吧。OK，他告訴你他去打彈子、泡妞、KTV、三溫暖，甚至「做了一票」天曉得的什麼，一五一十的和盤托出，那又有什麼用？而且難保他根本沒講眞話。於是你又套又逼，務使他「句句屬實」的招了，又怎麼樣？後面，「老戲」又會不斷重新上演，吃不完兜著走的總是他的父母！

狗和兒子最相似的一點，就是他（牠）們一心要出外流浪的決意，連皇帝老子也制止不了。

等得望穿秋水，「望斷雲和樹」，好不容易盼到了他（牠）們的歸來，「好像是撿到的」欣慰之情一過，你就得要有心理準備，他（牠）總有一天，還是要出去「鬼混」的。於是又端坐在廊前燈下，你靜靜等待吧。傾聽他（牠）們的腳步，如此與匆匆的在流浪⇄歸來、歸來⇄流浪間穿梭往返。雖然那一切也終有彈性疲乏的一天，但畢竟是這種穿梭往返，形成了沛然的生命的張力！

對於正馳騁於流浪⇅歸來、歸來⇅流浪道途上的他（牠）們，除了默禱他（牠）們不要過早的卯足勁衝往命定的寂滅的最後歸程之外，你全然束手無策！

八十三年三月十四日「中華日報」

蹓狗也悟道？

記得在一本什麼外國名人語錄集裡讀到過一個句子，是這樣的：

藝術作品是電線桿，對作品的批評，不過是狗在它的底下撒一泡尿。

不勝莞爾之餘，想到說出這句話的人，必是從蹓狗蹓出的靈感，當無疑問啦。

其實，蹓狗不只是蹓得出靈感，還能叫人悟道、開竅，甚至「鍘」斷情思呢。信不信由你！

某日黃昏，我牽著家犬「旺旺」蹓躂於巷口。一時之間牠難免起了方便之意，從而挨近了面前的那條電線桿，牠將後足抬起，正欲解放，不意卻猶疑下來。看樣子是牠覺得這右邊的角度不如左邊來得順心稱意，於是來了一個大翻身，想牠輕盈似燕，動作又俐落，只一回頭，不覺已是三百六十度之身。然後，牠的左後足向電線桿底起躍之前，四足並齊落地輕快地那麼頓一頓，雖只有一個拍子的十六分音符的時間，那敏利而美妙的震顫，經由耐龍繩索，從狗的肌肉，一直傳達到我的手心，如此清晰又微妙，又似曾那麼地熟悉……說來令人難以置信，因爲當時我的手心被牽動的一剎那，竟是一曲旖旎浪漫，如醉如癡的熱舞的記憶。

那個美妙的輕歌慢舞之夜啊，我的舞伴在習慣該是右轉的迴旋步，卻出其不意，來了個左轉身，猶記得他那頓足與躍起的微妙的接點，清晰地傳至我的身體，不知怎地，讓我有著說不出的歡悅。

令人想不到的是，這歡悅的傳遞，以及它所經由的過程，竟與家犬旺旺要撒尿的「前戲」，如出一轍！

＊　＊　＊

飼狗以前我對狗的看法是，人是人，狗是狗，誰都不理誰。飼狗之後，還是一樣，人是人，狗是狗，不過「誰都不理誰」換成了「誰都別想了解誰」。

說狗不了解人或許比較少有人反對，但說人也不了解狗，狗專家們要發議論了。近日讀報紙，聽說法國有專爲狗做精神分析及治療的心理狗醫。可見有人不但能替狗分析性格，還能透視狗的潛意識，並解析牠們的夢，還說人不了解狗，眞沒見識！

當然人狗相處日益密切，不免互相仿冒，譬如人向狗學會了「搖尾乞憐」，而狗則從人們的眼睛裡學會了「狗眼看人低」。此外相互了解云云，只怕是子虛烏有的誤會。且自古多情空餘恨，我只覺人類對狗的那種「情有獨寵」，最終怕是會落至同一下場！

提到狗，不免就想到牠的對主子的忠心耿耿。或者，以爲狗也該如流行文藝腔所說的，有一片「自己的天空」。

要狗做到貌似忠心，非常簡單，只要一個肉包子的代價。但若想要向牠解釋什麼是「忠心」，什麼又是「自己」，恐怕每一個名詞要花三萬年，兩個名詞要六萬年了。至於六萬年以後，當然，早就來了好幾回族群「大反撲」，該輪到狗族要來替人類做心理分析啦。

每當日落黃昏，便是外出去蹓狗的時候啦，別的我倒不怕，怕只怕對面走來個糟老頭，牽的那條也不過是黃不是黃，灰不是灰，看不出有哪一點起眼的貨色，糟老頭卻洋味十足地叫著：

「鷄米！過來，鷄米！」

他那頭鷄米，我這頭不知怎地，直起鷄皮疙瘩，立正的汗毛總也不肯稍息，於是只好放出一槍，義和團式的吶喊：

「旺旺，搶過去，旺旺！」

另外，還怕碰到養在一家鐵門外邊，主人卻親暱地喚牠「寶寶」的傢伙。看起來金窩銀窩巍峨氣派的那棟樓房裡住著的主人，卻連個擋風避雨、棲身的立錐之地的狗窩都捨不得給這叫「寶寶」的。下大雨的時候，牠只好蜷縮在停駐在門口的汽車屁股底下，若是那汽車也已開走，牠就只好做落湯狗啦。「寶寶」被他的主人這樣子的「寶」貝的方法，眞也夠奇怪的啦。

雖說寶寶受到的待遇，比野狗相差無幾，但僅爲答謝偶或丟給牠餘餚殘羹的主人的大恩大德，竟也甘願挑起監護家門以及門外那塊「疆土」的重任了。

畢竟，半野狗半家犬的身分，牠的心態勢難平衡，可想而知。

每當我們這「匹」名正言順的家犬旺旺一出現在牠的地盤附近，牠總會打從心底冒出一股無名之火，但又因自卑力弱勢薄，而變得反應過度起來。

寶寶老遠望見敵手，由於記取過去屢戰屢敗的慘痛經驗，便知大事不妙，先行閃避爲上。牠躲在屋牆後面，探出半個毛鬆鬆的頭，瞄著對手朝自己的方向奔馳而來，牠一溜煙便從車底鑽將進去，把自已變成了安全的鴕鳥。

旺旺對於牠的詭異行徑早已爛熟。旺旺是一隻得理不饒狗的狗，一不做二不休，牠朝向那車輪底盤直撲而去，並探進裡面，一陣猛狠地撲打，只聽得寶寶從裡面傳出哇哇哇地哀嚎，不絕於耳。

旺旺雖然得勝，高擎著尾巴遠離而去。但像這樣的無攻不克，屢戰屢勝，實在沒有什麼新奇刺激可言，看在我這做主人的眼裡，已是家常便飯，了無新義。

不過回頭一瞧，可非同小可，絕不尋常。那寶寶眼冒青光，齜牙咧嘴，從車底下欠身而出。等著等著，等到那「欺人太甚」的傢伙走遠，一時無盡的委曲怨怒又沖上心頭，嘴中虎虎噴氣以造勢，先以三兩個箭步追上前去，卻又以更快的速度退縮了回來。

牠忽前忽後，忸忸怩怩，惶然失據的「身體語言」，是一種極複雜的心態的交織，想來也足夠讓那法國的狗精神分析師們腦力激盪一番的了。

其實寶寶如果想逞威風，不妨從野狗族群中找對象，但偏偏找「非對手」的旺旺相較量，這就是寶寶的不識時務了。

我前面說人別妄想了解狗的原因，便是那寶寶看見了狗中的「王公貴冑」，倒又變得一副看不在眼裡的樣子……

話說我們住家同棟的四樓所養的「小黑」。記得那小黑的主人說，我們鄰近的小公園，甚至那視野極佳的大公園的草坪和樹叢裡，有太多野狗留下的寄生蟲和種種傳染病源，尤其是皮膚病，染上之後，後患無窮，麻煩太大。

故而他帶狗出蹓的時候，狗即使不穿鞋子，牠的兩雙玉足也沾不到一粒泥塵。小黑的主人，是讓小黑把主人的肩膀當做坐臥兩用的軟椅，乘坐著轎子出遊的。牠儘可以暢快愜意、高高在上地欣賞人間美景。說是蹓牠，不如說是牠在蹓主人和主人的兩隻腳。

這時的小黑自己心中作何感想我不得而知，但這幅難得的奇景看在四周許多野狗以及準野狗者如「寶寶」的眼中，彷彿並沒有我們想像中看得「妒火中燒」起來。事實上，牠們大家的眼色，也不過是一副「平常心」，見怪不怪的樣子！至少，離開激起野狗族群的公憤，以致於要鬧階級革命的時日尚遠。

不過，小黑的主人的蹓狗方式，熱心環保工作的人士必會舉雙手贊成。因爲這樣一來，狗狗造成的「公害」最多不過是「害」了主人個人的肩膀，而不至於污染了我們那只有一個的地球。

* * *

野狗的生存，眞是大自然難解的生命之謎啊。

前不久，一場大雨過後的涼快的黃昏，巷口就站著一隻只有三條腿，尾巴也截去了大半的野狗。牠形銷骨聳，滿身是瘡疸及糜潰，幾乎沒有一方公寸的皮膚是完好的。

使我震驚的不完全是牠的外貌。約莫半年前我記得見過牠一回，而這一回的再前一、兩年，似乎也碰見過數回。雖說牠的模樣變得一回不如一回，但畢竟，套句張愛玲的言語：「這麼些年也都活過來了。」

不說遠的，就在過去這半年內，世界發生了多大的變化，海峽兩岸情結如何易結難解，牠當然不必管。但僅僅追想那二、三月間全省的幾道蝕骨的寒流過境，牠是如何挺過來撐過去的？一條殘廢狗眞的完全是靠垃圾堆中的殘羹碎屑，在維繫著生命嗎？

此時此地，所有能遮蔽惡劣天候的乾爽的安適的任何一個小角落，無不被人類占領殆盡，誰願收容一條人見人嫌的殘缺狗？那麼下大雨、雷電交加之際，牠到底是藏身於一個什麼無人知曉的隱秘的所在？

爲什麼總要隔一年半載地，一次一次地出現於我的眼前？爲什麼人狗四目相對時，也能發出那麼一種時強時弱的交會時的火光？看不見牠的時候牠是如何地在苟延殘喘，是度日如年，抑是度年如日？

當牠望見我，牠心中難不成也閃過如同我對牠一樣的相類似的疑問嗎？

目前動物習性的研究專家們，所關心的對象，都是所謂的瀕臨絕種的稀有動物，尤其是要可愛如無尾熊，有趣如熊貓，奇異有如奇異果那麼奇異的 KIWI 等等。我卻突發奇想，若去中研院動物研究所說要申請一筆研究「野狗的生活」此一專案的補助金，不知會得何結果？

看來，野狗們的生活雖屬境遇堪憐，卻很少妄想受到來自人類族群的垂顧。牠們似比較懂得自求多福。「不忮不求」的結果，絕無橫禍上身。想來專管狗族生死簿册的陰司們，對於一條野狗該死的時候不死，可能是睜隻眼閉隻眼的吧，也是網開一面的吧。或許是疏懶得不想專程爲一隻該死不死的野狗，到陽間來跑一趟，將牠抓回陰間歸案。野狗們的小命們，或許就是這麼一拖再拖的。

對於牠們，這世界景物有時眞也美好，太陽也溫煦，樹蔭下也涼快，但畢竟「太陽之下沒有新鮮的殘餚」，牠們早已看透，因此野狗們的眼光裡全無一絲奢望。

但若認爲這樣就算了解了狗，嘿嘿，還早得很哪！

八十二年七月二十二日「中央日報」

未了情

週日的早晨，照例是由先生出去蹓狗。一個多鐘頭的樣子，他自己先回來了，卻不見「旺旺先生」，探問之下，只說是「門不當戶不對」。

然後才下了注解：

「那隻太矮了，旺旺騎上之後，無論怎麼也相差一截，兩個傢伙折騰了半天也不成事，我看得心煩，叫牠幾聲，牠敷衍地走回來三、兩步，又掉頭向那隻挨過去了。我也沒法子，只好由牠去吧！」

先生卽使對於犬類，也一直有著觀棋不語眞君子的涵養，這一點我是了解的。此時但見他掀動了幾下報紙，瞧了幾眼，又走出去了。

想必他並非不關心人世；而是更關心那兩隻犬的「情事」的結果到底如何吧。

據他的觀戰報告說，雌雄兩方，雖然傾注了幾近兩小時的努力，卻仍是功敗垂成。

報告中指出，雌方一直是不迎亦不拒，並盡其所能給對方可趁之機；雄方則「試」你千遍也不倦，而陷於忘我地苦苦相纏境況，且再也不顧主人在千呼萬喚牠歸去來兮，牠彷彿是孤注一擲，決意要不愛主人愛「美人」了。

然而，最後還是人定勝「犬」，先生回來取了一根鍊條，將這隻考慮要「變節」的家犬拖拉了回來。

「兩性關係，人與犬到底有何不同呢？」

當晚，我提出了這樣一個問題，是因爲總覺得，他不像我一樣，老在觀點上的差異跟人結仇。但事無論大小，生性樸訥的他，倒經常會爆出些獨到的見解。

「基本上沒有什麼不同，只是人比較複雜一點而已。」

他這回的答覆，顯然語不驚人，而且基本上我很厭煩大家不管說什麼都要加進一個「基本上」，現在就連從不學時髦的他也是。

我不滿意地翻過身去，背對著他，一個人在床上胡思亂想起來。

犬之交合從來不避光天化日或眾目睽睽。彼等的慾求全出乎本能，其進退舉止從未稍加思索，亦毫無半點疑慮。每見犬族們隨興相好，徒讓人有目無法紀，膽大包天以至於滑稽突梯之感，絕對和那些眞正的下流或下品的念頭扯不上關係。

倒是在夜半裡聽得貓族的叫春，雖看不見彼等的實際「作業」，光那聲調就讓人很有點「那個」。

至於粗俗之輩在大庭廣眾開黃腔，雖屬下品，卻也下品不過公爵夫人向某男子使媚呢。爭議已久的一個狀況是，已婚男子有外遇，再怎麼想避嫌，心底總也洋洋自得，染有一抹緋色輝彩。女子要是有了婚外情，雖見諸於媒體是出牆的「紅杏」，她自身卻說什麼也覺得是做了件「見不得人」的事，心中充滿著罪惡與羞恥。

在外遇上女性也居於劣勢，考其淵源，除了來自男性父權社會的習俗壓力，我想也是因爲女子們直覺婚外情是一件下品的事情。人必先自侮而後人侮之，自認既是下品，當然就「下」定了。蓋食色性也乃本分，女性實不該先自貶的。

像這樣地推論下去，其實是不値得的。因爲很可能推出一個結論：人類比犬類下品。

所以，還是言歸正傳，來談家犬旺旺的「未了情」吧。

果然事隔數日，我帶著牠蹓到居家臨近的小公園裡，有幸看到了一場「熱戰」。起先是旺旺對那隻矮小的白犬展開激烈的追逐，穿梭奔跑於暮色籠罩的草坪和樹影之間，但見兩犬時而形影不離，時而比「足」雙飛。

終於，在一塊大岩石旁邊，牠們展開了那一項「艱苦的任務」(mission impossible)

了。到底相差多少尺寸我是看不到的。但那過程和一切，似乎沒有眞槍實彈，緊迫襲人之感，倒是在假戲眞做，虛張聲勢，聊以互「勉」吧！

雄方顯然比雌方更具耐力；牠再接再厲，不斷地去重複那績效可疑的操演。好在雌方亦無棄甲收兵的決心，從而，兩造雙方如此這般，辛苦地上上下下沒完沒了，看得直叫我上氣接不了下氣了。

三、五天過去了，氣候驟然轉涼，黃昏時分，我上街回來，在通往小公園的巷路邊，遇見了家犬傾心的這位「白姑娘」，只見「她」孤孑一身，在冷風中徘徊踟躕，似有所失，若有所盼。看到我，竟也投來羞怯怯地一瞥，彷彿知道我是牠的情人的主人的緣故吧。然後牠沒心沒思地跑遠了。

可能是白姑娘不久就跟主人搬家走了，幾次我們帶旺旺出來蹓，路過牠那戀人的門邊，牠老是沿著再也不見芳蹤的鐵門四周，嗅個不停，似欲打聽伊人下落而流連良久，遲遲不願離去呢。

又隔數週，我們再帶牠過來，走過那家的門前的時候，牠的樣子，卻像從來什麼都沒發生過似的；顯然，事到如今，牠也只好心死如石了。這一段可歌可泣的「未了情」終告落幕。

想來旺旺既能堅貞不移於前，復能當機立「斷」在後，可謂顯露情場上可圈可點的男性本色。

後來在報上讀到一則有關美國人的婚姻，說是平均而言，結婚後的夫妻，丈夫的快樂是與日俱增；結婚愈久，愈快樂滿足，可是妻子卻正好背道而馳，愈久愈不滿，最後總變成了佳偶中的「怨女」。

看到這樣的調查結果，再環視四周親友們的婚姻，以及自身結褵二十餘載之歷練，確屬心有戚戚焉。

倘若婚姻須以「相忍爲家」的精神來維繫，據我從許多實際情況觀察起來，妻子的忍性似乎都不如丈夫。而眾多的離婚案之中，眞正的「肇事者」，追根究底的話，恐怕還是以女方居多。再就婚姻亦屬一種契約行爲而言，犯了背信毀約、始亂終棄之罪，女方實不比男方少。

法國文學家福婁拜爾有句名言：

一磅重的愛的甜蜜，卻得付出一噸重的痛苦的代價。

既要償付代價，孰高孰低，男女應是無分軒輊的。想當初在相戀及初婚時，女人多少是會嚐到一些甜蜜的吧，然而「事過境遷」之後還要償付那麼重的代價，她們卻心有未甘了。兩人生活一久，對婚姻的期望總高於男人的女人，往往不耐於長期生活的平淡無奇，勢必就愈想愈不甘心，愈久愈不滿意了。

旺旺曾爲牠的那一齣未了情，付出了多大的力氣和時間(若照壽命推算，狗的一個小時，比人的五個小時還多)，卻別說一磅，怕連半盎司的甜蜜也沒嚐到吧！換了是我們女人，不氣得要上吊才怪！

畢竟，雌雄兩方若無法「門當戶對」，卻又不願當斷即斷，硬要磨蹭和纏綿不休的話，那麼，不論彼此都花了多高多重的代價，都非要認帳不可的了。

但以上都不過是胡思亂想，博君一粲而已，「基本上」是「無三小路用」的。

八十二年一月七日「自立晚報」

寵物

本世紀稍早有位美國作家威斯考特（Glenway Wescott），在他所寫的短篇小說〈遊鷹〉之中有一段話：

我可不願豢養一隻對我個人變得難分難捨的寵物。畜生們一旦對你生出那種親暱之情是很糟糕的事；牠不只能分辨得出你說話的聲音，愛上你身上的氣味，還渴望被你撫摩等等，真叫人心生厭惡。因為照這樣模仿下來的結果，畜生簡直就變成我們人類拙劣的贋品了，那還有啥意思？

對於所謂的寵物雖不至於厭惡，卻一直也寵不起來的我，今年年初，卻開始在家裡飼養了一條狗。想必多少也是因爲受了那篇小說中的許多論點所感動，而引發了以親身飼養經驗來印證那些論點的興趣吧。

早年卽告別故鄉威斯康辛州，一直旅居英法等國家寫作的威斯考特，雖比福克納還年輕，但其國際知名度遠在福克納之下。考其原因，是有些文學選集的編者認爲很難區分他的地域歸屬問題，而遭有意或無意的「遺珠之憾」，也不無可能。

有一種美國戴爾公司的袖珍本《世界六大現代短篇小說集》裡面，卻選了他的這篇〈遊鷹〉。書中採擷的六大之中，竟也有果戈里的〈外套〉！杜思妥也夫斯基曾說，凡與他同時代的著名的蘇俄作家，沒有一個不是從果戈里的〈外套〉裡鑽將出來的。想來這其他的「五大」既然能與一篇經典中之經典鼎足而立，那麼五篇中的任何一篇都絕不可能是軟腳蝦的了。

〈遊鷹〉是藉一位以鷹爲寵物的愛爾蘭女人，精緻巧妙地描繪了一對表面恩愛，而實已臻於疏離異化的上流社會夫妻的無奈情境，從這位愛鷹遠甚於愛丈夫的女人的談話，透露鷹的特異習性，使全篇小說中的現實、象徵和人性觀照貫串一氣，獲得交織交融的藝術效果。

我不太相信自由這樣東西，我倒認為它不過是人生過程中一個章節而已，當它到來的時候，自由使你受苦也受益，可說是一種必要的罪惡罷。然就愛的取捨上，追求自由的心理通常只是怕被囚禁而已。

我也覺得，自由不自由，對於寵物們尤其是莫須有的。人們以爲自由的野狗至少比不自由的家犬自由一些，我想這就像你說五十歲以上的老處女至少比已婚的少婦選擇男人的機會還多一些一樣無聊之至。

鷹的一生可以說是嘗盡了「自由痛苦的代價」吧，也不免使人想起那「千山萬水我獨行，不必相送」的江湖硬漢！

鷹一旦到了年事已高，體力上的衰退倒還不甚礙事，最難堪的莫過於當牠的眼力變得耗弱，看不清地面上的獵物的時候；往往從高處奮力衝刺而下，卻因焦點偏離，而撲了個空。想那鷹自尊心特強，挫敗就是挫敗，是斬釘截鐵的事實，牠可沒有愈挫愈勇的「勇氣」或有如阿Q的什麼「精神勝利法」！

驚覺自身已是廉頗老矣，捕獵失了手的「老」鷹，總也還要給自己第二次嘗試的機會。萬一再度失誤，那麼，牠絕對不肯讓自己做一個一連鬧三次笑話的大傻瓜！從此息影荒岩野塚之間，賴死屍來維繫殘生了。

「All or Nothing!」也有些是寧爲玉碎勿爲瓦全的。寧可挨餓，也不去吃那只有癩皮狗才吃的冷凝凝的屍肉。牠獨個兒振翅飛起，終於來到海濱的一塊岩石之上，棲息了下來。將雙翼暗自緊抱自己的身體，緊抱自己的孤獨，再也不食不動。牠忘卻時間遺棄世界，直到時間忘卻牠世界遺棄牠……

> 運氣已告竭盡，但生命仍在持續；青春仍在不停地滋長，可嘆早已不再年輕；愛的躍動無止無盡，然被愛的可能性愈來愈低，去愛的能力亦每下愈況。垂老的兀鷹一如孤身的老漢，那求愛的心切仍如年輕時一樣地尖銳。

啊，老的悲悽，莫此為甚！

但有人試將雌雄一對鷹關進同一個籠子，看看牠們到底會發生什麼，信不信由你，說是什麼也不會發生！

甚至就這麼關上一整年，也相安無事。該篇小說中的鷹研究專家說，牠們是想既然雙方都淪為了「階下囚」，丟盡了面子，因此誰也瞧不起誰了。我則想鷹們或許天性潔癖，青山碧水之間才是理想的愛巢吧，若要牠們在一個狹黯的鐵籠子裡苟合，還不如「一頭栽牆撞死算了」。想來不論專家之見或我個人胡想，畢竟都是人類的一廂情願想法，事實眞相如何，只有天知道！

當然，愛鷹的人是不會喜歡養狗的。文中的飼主甚至嫌狗太討好、太黏搭主子，簡直跟娼妓沒兩樣。狗的搖尾乞憐復乞寵模樣確實不夠優雅端莊，使人聯想到魯迅筆下常出現的「趴兒狗」：

……卽使無人豢養，餓得精瘦，變成野狗了，但還是遇見所有的闊人都馴良，遇見所有的窮人都狂吠的……

但狗的吠叫，其實是牠在工作。狗若「有話要說」，並不是用吠叫的方式。

居家附近遇有任何不平常的動靜，或有外人來訪，我家的「旺旺」必定是拉直了嗓門叫個不休的。無論你怎麼叱聲制止都無效。牠那股憨勁，就像鄉巴佬走到大街上跟人打起招呼來，聲粗氣大，沒完沒了。久而久之，我逐漸察覺牠並不是純粹地在憨叫，牠似乎是以吠叫爲「天將降大任於斯」而自負，而理直氣壯，甚至不顧主人嚴厲的苛責。狂吠之中似乎在埋怨：

「我可不是在胡鬧，我是在執行任務，請你們要搞清楚！」

「一落言詮，卽非眞諦」，想那專靠叨叨學舌來取悅人類的鸚鵡，到頭來是落了人們的一個笑柄而已。因此，不同於貓的叫聲，狗吠是極少語言意義的。貓會叫春，但發情的狗則是透過不言而喻的體味傳意，絕不採取「酒矸倘賣嘸」的叫賣方式。狗既然有隻靈敏的鼻和小雷達器般的雙耳收集資訊，又有一對執著專情的眼睛來發電報，若再要「說話」，可就言多必失了。

有幾次「旺旺」已經餵得飽足了，我再去拿一塊小肉片在牠的眼前高舉著，晃盪著，照人類的習性推想，牠若不是表現得不屑一顧，至少也是興味缺缺的。但事實上牠卻對我手中的一小片肉緊盯不捨，目不轉睛且凝神屏氣！看到牠那分「全心投入」的虔敬之情，頗令我不解，但也感到心酸不已。事後想必無論在飽時，或在餓時，食物對於狗是沒有所謂邊際效益遞減的現象，食物對牠永遠是可貴甚至是神聖的吧。

然而，正當我要達成這樣一個得意的結論的那一天，無意間推開通往陽臺的紗門，發現懶懨懨臥坐著的「旺旺」的身旁的食缽裡，是一大堆昨日吃剩的殘食。

據以往的經驗，在我替牠換上新的食物之前，對那缽中的殘食牠是抵死也連碰都不碰，甚至連正眼也都不瞧一眼的！

至於昨日曾對食物表現過的那分崇高的令人肅然的至誠至眞，怕早已抛至九霄雲外了。總之人們對於畜生的一廂情願，隨後的事實雖不見得證明全然相反，但至少證明「未能盡如人意」的情況居多。

我想〈遊鷹〉這篇寓意深長的小說，加上自己飼養過一隻狗的經驗，其實也只給了我一個很簡單的心得：

「上帝將寵物賜給我們做伴，我們卻總是把牠當作一面鏡子，照見的是自己的孤獨。」

八十一年十一月十七日「聯合報」

狺狺而吠

小孩與狗常被歸爲同類，可能是兩者都擾嚷聒噪，有影響鄰人安寧之虞。所以有些租屋的招貼上明文規定，一律謝絕小孩與狗。

有些屋主聲明小孩可以，養狗不行。至於歡迎狗不歡迎小孩；寧可忍受狗狺狺吠叫的不可理喩，而無法忍受小孩哭鬧啼喚的不可理喩的屋主，也並不是完全沒有。

幸虧世上還有這樣的屋主，否則，像我這樣一條有太多太多的「狺」要狺狺的狗，可就沒得混了。

今年欣逢甲戌肖狗，難得藉此良機，有勞嫌小孩更甚於嫌狗的屋主之類的仁人君子們，寬大爲懷，見諒童言狗語無忌，且來聽聽我的一席妄狺妄吠吧。當您聆聽這狺狺吠叫之際，不保證您不會打瞌睡，但聽畢之後，在下小犬包準您狗年行大運，年年興旺，今年更旺旺！

要談到我輩犬族的故事，就非得從淵遠的史前時代講起不可了。當年，一直在荒陬的、鳥不生蛋的山坳子裡群居的，寬腮尖鼻的我輩老祖宗們，不知爲什麼，終於決心離鄉背井，出外打天下了。

牠們千里迢迢，歷經艱險阻難，好不容易才找到了一塊適宜開闢的新土地。卻想不到它早已被人類捷足先登，早就變成了人所占據的地盤。想我祖輩們當時來到人間已是身心疲累至極，精力耗竭殆盡，再也無能另覓他處了。但若是就此留下來，落籍人世，僅憑直覺，卽可判斷牠們自身未來坎坷的命運了。想到牠們從此不但要「寄人籬下」，而且還要「矮人一截」，當初離山外出打拼與闖蕩的豪情壯志，均已不翼而飛了。

身陷於這全然的奇妙的環境，牠們個個無不是臨深履薄，怯生生地開始四下巡邏，仔細打量起來。誠然，入境隨俗，乃屬第一要事。說穿了，入境隨俗不就是有樣學樣的模仿嗎？

痛心疾首的犯禁事件

若非我祖先的模仿行動第一遭出擊立卽受到封殺，否則今天在道旁路邊遇見的每一隻狗，都會如同你們每個男男女女一樣，高挺挺地豎正了身子，用一對後趾行走，而用空出來的一對前趾，專做行走以外之事。

問題就出在牠們第一次仿效人類，模擬你們站立的那時際，只覺兩隻前腳提將上來，一時也還不知該做啥，該放在什麼位置才好，才不彆扭。心想，倘若繼續這麼不上不下地懸在半空中，總也不是辦法吧。

很巧，這時候有兩個混跡市井的小兄弟，有說有笑勾肩搭背地走在前面。說時遲那時快，我祖先有樣學樣，牠兩隻光赤的、滿是泥塵的前足，大大方方地舉將起來，並無辜地放在豢養牠的那位主人的肩膀上了。

至於這樣的舉動，竟會遭到主人的厲斥與苛責，以及隨後帶來如此不堪的不利的種種境遇，是我祖先所始料未及的。望見主人那忿怒至極的面容，連發子彈似地吼叫與咆哮。臨末，主人又對準了我祖宗的腦門子，狠狠地踢了一記。我祖先對這一切種種並不明情由而備感屈辱，是可想而知的。如今不論已事隔多麼久遠，當年的種種情景，我祖先們仍是歷歷在目，記憶猶新。甚而傳諸世世代代，永誌不忘的了。

算起來，決意以人類社會爲投誠目標的各類飛禽走獸之中，此後混得最有聲有色，最討人歡心善解人意者，非我狗族犬輩莫屬也。我們有著賽過千足黃金的赤膽忠心，天賦健壯的筋骨，發達的運動神經，靈敏的感官，記憶力更屬超強，直叫人類社會的主子們嘆爲觀止。可得當心你們世上所有僕役們的鐵飯碗啦，稍欠留意不好好捧住的話，是要被我狗兄犬弟們搶光的。

模仿，自從我輩與人共同生活以來，一直是受到嘉許及鼓勵的。至於爲何偏偏就不能學人站立而行，更不許像人對人那般地勾肩搭背？有樣學樣不成也罷了，竟至於要遭受如此不堪的侮辱與打壓，我祖輩們完完全全不能理喻，以至於它變成了犬族世世代代惶惑難平的夢魘。

這無以名之的重大挫折，使吾輩在人類世界中生活，再也不是那麼天眞無邪，自然而順利了。總之，「站立犯禁」事件，可謂我族類在身心遞變發展史上的一次巨變。

是故，犬輩原本就是逆來順受的低卑的眼色神情，此後又更加深了一層那難以言宣的憂楚。

而最爲不幸的是，儘管這數千年來與人類患難相守，休戚與共，我輩卻在語言傳達的能力上，礙於什麼衝不破的重重關卡，解不開的繁複心結，不論怎麼仿效模擬，在語言學習的成績單上，總也搞不出一個勉強及格的水平。

想來痛心疾首，我們的祖先，是在那次的「事件」中，的的確確被嚇壞了。

無形透明的語言的障壁

其實你們人類自身招致類似的困境者，也比比皆是。例如你們之中的某些文學家們。

只是人類最初到底是被一件什麼樣的不堪的冲犯的事件嚇壞的，人自己已然不復記憶。但遺留在最心坎裡的傷痛及挫辱則歷歷猶存。這雖變成他們成長及學習上莫名的阻石，然而也正是這阻礙構成的抗力，反而激發了文學家們更強勁更旺盛的表達意欲。事實上「寫作」這件事，對於搞文學的而言遠比一般人寫起來困難，有時甚至出現「寫作不能症」的痛苦。既然如此困難，就叫作家們從此棄筆去幹些別的吧，他們卻又絕不甘心！

表達意欲雖強但能力太差的我輩犬族，若勸我們從此死了這條心，放棄用支離破碎、似是而非的語言來與人類「溝通」、「交流」，而去做個沒人理睬無人問津的流浪狗，除非是情非得已，我們可也是絕不甘心的！

話說回來，在人的世界裡，我族衝不破那道語言的障壁，眞可謂塞翁失馬，焉知非福，省卻了太多不必要的麻煩。吾輩永無禍從口出的顧忌，從不曾犯下言而無信的罪狀，更無花言巧語，詞溢乎情等等虛矯之虞。

但我們有的是精銳的感官，嗅覺更高明。站在那扇無形透明的障壁的後面，不但能將你們人間一切的胡作非爲，荒誕不經都看破識透，而且分明嗅得出你們身體內死亡已開始逞威的屍臭！

長期地絮聒不休地使用語言，不過是在一個僵硬的模子裡機械而持續地兜圈打轉兒，這使得人類的感知本能愈形鈍化，甚至痲木。人與狗廝混既久，模仿是呈雙向進展的。狗跟人學了很多，而人的某些行爲、某些小動作，何嘗不是自我輩處學去的？君不見「小人」們在求饒懇乞的時候，一雙膝蓋就彷彿燒熱的蠟燭，嘩啦啦地軟塌了下來？

如此長期間的相互模仿，成效並不很大。畢竟，犬類總也沒有變得像人類那麼複雜而實淺薄；人類也沒有變得像犬類那般看似愚順而實深邃。

識穿人類的假面具

兩者在群居性方面，卽呈現著基本上的迴異。

狗族的群體意識是正面磊落的。我輩天生是所謂的「直腸子」性格，因爲犬類的主要神經幹道是從大腦筆直通下來，經由脊椎，一路直達尾部的最末端，連半點「轉圜」的餘地都沒有，使大腦發出的指令根本沒有出岔的機會。

我們的個體和群體間有默契，雙方只須伸出一隻看不見的手，彼此打個照面或暗號什麼的，大家的心跡昭然若揭，萬事ＯＫ！

至於人類，表面上亦屬群居性，心坎裡卻是各懷鬼胎的。當你們行走於道路之上，陌生人迎面而來，通常於擦肩拂袖而過之前的剎那，四目交接，你可曾在互相的眼色裡見著半絲友善的成分？

今日行色倥傯，紛繁多冗，栖栖惶惶的後工商社會，不相識的人互見分外眼紅，但沒有「吃掉你不吐骨頭」、「剁你成肉醬」、「看咱射出你的腦漿」，便是祖上積德，千幸萬幸了。

你們勉爲其難地搞各式各樣的集團，並與之打交道，說穿了不過是看在那麼一丁點兒實際利益的分上。暫且認同群體，爲的是從中取得些好處，一旦這點好處因群體與自身利益相違而不可得之時，人的所謂群體性虛相立卽拆穿，醜惡的原來面目勃然畢現。

想想你們聚居於城市，有時住在同一棟屋宇，甚至兩個人間只隔著一層薄薄牆壁緊鄰而居，雖能聽見對方的呼吸聲，彼此之間也斷然是誰也不理睬誰。

寃家路窄，二人天天見面好幾次，總也視同陌路，絕不打招呼，大家堅持並信守到底，無怨無悔！像這同窠而居卻又老死不相往來的這套高明工夫，只有人類才能練就得出來囉。

「抗群居性」的本色，使得人類社會形成一種明顯的弔詭，那就是群居的利益，卻又變成衝突紛爭、混亂難安的根源。

可想而知的是，當我犬族終於發現自己所報效的人類世界的種種，竟至於是如此脆弱詭異，這般地不適於「託付終生」，頗有悔不當初之慨，勢所難免。但既來之則安之，何況個體與群體的適配是一回事，生命與大自然的適應又是另一回事。後者才是生命存續重要的關鍵。

不過，倘若你們以爲我輩之所以還一直留在人間社會並不夾著尾巴溜之大吉，單單是爲了混半碗飯吃吃，保住小命，得過且過的心理，那你們說實在眞有點「人眼看狗低」，看走眼啦。

眞該感謝瞬息萬變，撲朔迷離的人類世界，在這般的環境下冶煉陶融既久，想想看，眞叫吾輩小犬們不愈變愈精明都不行！

既然如此，那麼，我犬族子子孫孫，何須還要對你們這「不怎麼樣」的人類，表現得服服貼貼，甚至於忍氣吞聲？

「順服」也非取得較好生活資源的手段。許多別的家畜如豬、鴨、鷄，寵物如金魚、鸚鵡、小烏龜等等，均無須怎麼地卑順，照樣也能獲得充足的食料，以及人類的愛顧。

如果說，表示同意，其實是掩護反抗心態的一種防禦方式，那麼一隻狗對牠的主人唯命是從，事事卑順，在底子裡，難道不是一種防禦方式？換句話說，狗的順服是一種最徹底的不服，狗的愚忠是一種最甘心的心有未甘！

棄之如敝屣的二分法

人類習慣以二分法觀念，想當然耳地派給所有的事物，因而你們總認定狗的眼珠子只有兩種人，即主人和非主人，但在我們無形的辭典之中，二分法的律則是不存在的。哼！世界上只有主人和非主人？我們豈是那麼愚忠！這般地現實！

如果遇到對象是非此即彼，非彼即此的情況，我們會乾脆放棄選擇。只因世界上什麼事都有可能發生的無限性，選擇根本無意義，選擇等於沒有選擇。

主人與非主人，幸運與不幸，受寵與失寵，美餐與劣食，開始與結束，偉大與渺小，短暫與長久，希望與失望。像你們人類每天每天在搞得樂此不疲、議論不休的這種選擇考題，老早就被我們犬族束諸高閣，不久就要棄之如敝屣了。

譬如我「旺旺」，今天說起來也稱得上是一條幸運犬啦。如今我被一個堪稱理想的小家庭所豢養，愜意而安適。雖不免暗自慶幸自己的好運，但我並不因而得意非凡，或恃寵而驕。這其中的顧慮，倒不是像你們人類生怕天有不測風雲，人有旦夕禍福，或惟恐災難臨頭，招架無力，只好吃不完兜著走。亦非所謂「誰知盤中飧，粒粒皆辛苦」，以福分得來不易，而必對這一日又一日甘美安寧的生活備加珍惜，那種市井的小格局心態。

貴爲一隻「寵物」，每當我的主人帶領著我外出散心兜風，而路過一堆垃圾，雖然我不餓，但我總也忍不住像所有的流浪狗一樣，跑進垃圾堆裡去翻檢和尋覓，看看有沒有可以入嘴的食物。當然啦，所有做狗的主人都嚴厲地禁止我們這種「壞習慣」。我不怪罪他們，凡是由於完全不能理解而不能同情我們的行爲之時，他們就一律使用「壞習慣」三個字派給我們，而不停地責罵！

對一隻狗，食物就是食物，雖有氣味口感之異，但沒有高級低級以及這兩級之間又有幾級之分。至於狗食罐頭還有進口國產、名廠牌及非名廠牌出品的不同，更是我犬輩之匪夷所思了。

若是我的主人不知哪一天突然抓了狂起來，購得兩千元一客的神戶牛排，並盛之於亮晶晶的銀盆之中，示意我去吃。那不用說了，我眞的會高興得跟什麼似的。

而此刻我正在垃圾堆用心翻弄，萬一讓我的趾尖扯裂了一只塑膠袋，套著橡皮圈的保麗龍便當盒中，掉出一截鷄脖子，又發現裡頭還有幾塊可啃食的什麼。這時際，不用說，我照樣也是「高興得跟什麼似的」。

「高興」總有程度上的不同吧，關於這個問題，你問我，我不止答不出來，我還得承認，在這方面我們狗不如人，我們服輸了。

快樂只有一種尺碼

誠如專家們說，犬類腦部表層紋路不如人類那麼細密，因而一塊神戶牛排和一截爛鷄肉帶給我們的刺激是相等的，沒有大小高下優劣之分。總之，我們的快樂，只有一種尺碼。一旦快樂，就「貨眞價實」地高興起來，絕無折扣或縮水之虞，誰又說不是天大的福分呢？

如今已淪爲被豢養身分的我輩小犬們，忍耐與等待是必要的修持。只要我們終於等到了該需索的，儘管已經等得望穿了秋水，頭昏眼花，卻從來不會心生忿恨，或嘟噥著「你怎麼可以讓我等那麼久」之類的抱怨。不計較，是因爲我們既然下定決心「等」，就無所謂等得久與不久。時鐘在犬族世界是完全沒有市場價值的，因爲我們既然不依賴它們來測度自己的耐力，也無必要用它們來考驗主人對我們的愛心或責任感。

昨日，今日，明日對於你們人類是一條持續下去的直線，對於我們狗，則像條橡皮圈，時日在那裡繞著跑，而且過去的每一天都可以任意地拉回來，未來的可以扭過去。這是所謂的彈性內心時間意識吧，嘿嘿！

正因爲這種彈性的時間意識，犬界從來不會爲了爭取狗的基本權益而申辯，或走上街頭來抗爭。可別以爲我們只是沒有語言爲抗爭工具。連最沈默的草木魚蟲山水空氣都有「大反撲」的一天，何況以機智狡黠狼族爲先祖的我犬狗輩，眞想要對付你們人類，還怕耍不出花樣？總之就憑我們那一付對鋒利狠勁的犬牙，手段是很多很多的，不說也罷，說出來只怕大家會傷感情。

既然不計較時間，那麼，天下沒有任何事是急呼呼地非馬上去搞去辦不可的了。你們人類不是也說「君子報仇三年不晚也」，對於我們狗，則三十萬年也不算太遲啊！

但憑良心說，在今天人類社會裡做爲一名家犬，不過是無須出力伺候，反而被伺候著的「僕役」，這使得我們的處境極爲尷尬。回顧當年，科技尙未如此進步，我們必須替人拉車、跑腿、做活才能換取生活資源。我們寧可像那時憑本事氣力工作，賺取生活所需，做個「名正言順」的僕役。被人「剝削」勞力，誠足令人同情並激起第三者打抱不平之憤慨，但當人家根本不需要，也不屑於「剝削」你的時候，恐怕才是更嚴重的問題，更大的悲哀吧。

當「食物」在追逐「飢餓」

以「等待」爲代價來換取吾犬生活的一點一滴，其辛酸苦楚，並不下於花勞力。等待食物的降臨，等待每天兩次的外放蹓躂，等待主人的各種指令，等待異性同類們的發情……然而經常發生的情況是，讓我們苦苦地，空等了一場。且無任何預期結果到來的跡象。

等待落空，絕不輕言失望，是我輩家犬的基本哲學。

首先，且來想像人們在等待著什麼東西的時候，那副患得患失、不知如何是好的焦灼模樣吧。螞蟻爬熱鍋時，總還是爬，但正在等著什麼的人，看他坐下去屁股墊著針氈，站起來又有懸刀刺腦門子，是何其受罪多麼痛苦啊！每念及此情此景，才覺悟我們生而爲犬，眞是福氣！

可憐的人類，在第一次感到飢餓，開始等待食物來臨之際，不只是百般不耐千般不忍，卻又惶惶然想到未來第一萬次飢餓之感來臨時，該當如何如何的問題。

文明的躍進究屬可喜可賀與否，且撇開不談。然驅策文明躍進最大的動力，即是來自人類對第一萬次飢餓來襲的焦慮。人們翻山越水去殺伐、去征服、去革命，不就是那種焦慮發展出來的後遺症嗎？

然而發現殺殺伐伐，相互結仇，彼此冤冤相報，永無盡期，且根本無補於第一萬次飢餓來臨的惶恐。你們許多人終於決心要省下殺伐的力氣，來搞科技了。

紋路太過細密的人類腦袋，不搞科技則已，一搞就不免搞過了頭。信不信由你，那天，我在大街之上，見到了一幅最好笑的光景。

我親眼看著一個骨瘦如柴的人，快速地拼命地往前逃。但你不要以爲後面跟隨著的是一條惡犬，或什麼的。哼，想來叫人生氣，我輩犬族，竟是魯迅筆下「資本家走狗」的那副德行！

……卽使無人豢養，餓得精瘦，變成野狗了，但還是遇見所有的闊人都馴良，遇見所有的窮人都狂吠的。

想我犬族並未曾開罪於他，他實無理由拿我輩開刀來做此諷喻的。平白使我們遭此奇恥大辱，莫辯之寃。下次遇見這位魯先生，我是要對著他「狂吠」的。

閒話少說，那天我看見跟追在骨瘦如柴的人之後的，不是狗，而是大盤大盤長了腳的食物。那巨形的食物在他的後面追擊，來勢洶洶，有如砲彈之射來。他拼命逃，因爲他寧可讓自己慢慢餓死，總也比中彈而亡的好。

然後，我又看見一個大腹便便的富人，卻是著魔似的一直追逐前面那奔跑的巨量的食物，就像警察在追捕逃犯，也像寃家在追宿敵。

不錯，我不過是在說一則寓言故事，但細細想來，這何嘗不是人類世界一切倒行逆施而終將災難臨頭的凶兆？

人們失望的原因是將「等待」視爲一次過渡，一種手段，一件獲取的工具。但「等待」之於狗，是生命中必要之「忍」，卽生命本身的一部分。如果生命是一場賭局，「喜巴拉」一翻兩瞪眼，攤牌的刹那，卽使是輸掉了，我們也不失望。

這倒不是我們當初沒有期盼和希望。而是我們不認爲期許的目標落空，就必須失望。我們能逃過失望感這痛苦的阱淵，正是因爲我犬輩概念世界裡，並非只有非此卽彼、非彼卽此的兩種抉擇！

久盼苦等的食物一直沒有降臨，你又何須氣極敗壞，只因空腹中的稍稍不適而怨天尤地，一下子就把自己投進黑暗的大無望之中？其實當肚腹變空也變輕時，並不如你們所想像的那麼不舒服的。

你反而更會感覺它的存在，並奇妙地發現它和你，變成兩回事，兩樣東西。你能脫離它，看見它，而你自己終於可以自由自在，並開始跟這個叫做「飢餓」的傢伙對話了。

這時，「飢餓」會十分神閒氣定地對你說：

「嘿嘿，怕什麼？只要有我還在世上活一天，就不怕食糧不自己找上門來『朝貢』！」

可別以爲我是餓昏了在信口胡言，你們可以四處去打聽打聽，這世界上眞正是因爲餓死的野狗，還找不到幾條呢！世上不論是人是狗，還是享盡天年壽終正寢的居多！

好了，不吉祥的話少講爲妙。許多大爺們都早已聽得呼呼大睡了吧。這年頭，不論是人是狗，能呼呼大睡都是前世修來的福氣。讓我在這兒默默爲兩「族」之和平共存祈禱，但願大家都能永遠免於「食物追逐飢餓」這一類的夢魘！

八十三年二月七、八日「聯合報」

語言的最初

迢迢牽牛星，皎皎河漢女，
纖纖擢素手，札札弄機杼，
終日不成章，涕泣零如雨，
河漢清且淺，相去復幾許？
盈盈一水間，脈脈不得語。

過去一年來發生於我個人的一樁重大事件，與這首漢樂府古詩之間，可有著重大的關係呢。

且說傳媒介在每年年底，照例要挑選過去一年來，發生如劫機之類的重大事件，當做十大新聞什麼的吧。然而對於絕大多數的每個個人，對這些國內外大事，總是想要關心，卻總是關心不起來。總是那麼龐大的關心不起來的悵惘，到頭來是蓋過了那想要關心的小小的焦慮了。

爲彌補這悵惘的空虛，我只有決定來挑選這一年來，發生在自己一個人身邊的「重大事件」了。

又怎能小覷每一個個人呢？蘋果掉落在牛頓一個人的頭上的「重大事件」難保不會再發生。每個國家與團體的大眾問題和公共事務，沒有不是關涉落實到一個個的個人，宇宙間的偉大的至理眞情奧義，也必得從每個不同的個人，各自從自己的心底去探掘才行的。

至於那用了許多絕頂聰明的人去建立形成的，現代企業的「思想庫」，智慧由很多人湊泊起來，所能產生的也不過是些精美的「零缺點」的商品。商品再怎麼精美無瑕疵，它們注定是偉大不起來的。

個人事件的重大性，當然只有自己拿捏最準，本年度個人的第二重大事件是家犬旺旺離家出走，數日未歸，我與家人都以爲牠永遠消失了。牠於出走之後的第六天清晨，驀然穿門而入，牠的歸來，我的喜極，才算得是第一重大事件啊！

想起那是個怎麼也叫人難忘的清晨！原先大家都以爲已經在警方「流浪狗一淸專案」行動之下，經由取締拘役，最後是丟進了焚化爐處置「完畢」的牠，竟然有似魂歸來兮，於我的眼前，再度出現了牠的身影。

將信半疑地乍見之下，想牠隻身在外闖蕩多時，眞不知歷盡了多少滄桑與辛酸，但身上的樣子看來還不是很狼狽，只見牠睜大了疲累而仍然十分晶亮的眼睛，頻頻尋逡著我的臉，像個犯了錯，又不知爲什麼錯的無辜的小孩。

至於牠如何地N里迢遙，風塵僕僕歸來的險阻歷程，牠只能以眼睛的瞬轉，身軀的扭動，尾部的搖曳，做那種吃力不討好、表達功能不良的演出。此外，牠死也無法吐出半個字來滿足牠眼裡流露出的強烈的說話的慾望。

新聞寫作對一件事的發生，馬上就得追問六個「W」，即What? When? Where? Who? Why? How?而此時，我與旺旺面對著面，這一連串的「W」們紛紛湧至了我的喉頭舌尖和唇邊，我痛苦地只任它們在那邊劍拔弩張，蓄勢待發，卻沒有半個「W」吐得出來！想及人與犬的苦痛，原是相同的呢。

寫「一〇一忠狗」之類的故事非我所長。而雖說我不甚關心國家大事，也還不至於成天無聊到墮落到嘰嘰喳喳地談貓狗經，把個什麼寵物寵過了頭，弄得人畜不分，纏綿不休，肉麻當有趣。其實那一回家犬旺旺的「喜獲生還」，又有什麼值得大驚小怪的？誠如事後鄰近的小店老闆娘說：

「六天算什麼？公狗出去找母狗，一去就半個月、兩個月的都有。還聽說公狗就像船員跑船，一跑就是半年一載才回來的也有哪！」

說來自己一個人的重大事件，再重大也只能說是「茶壺裡的風暴」吧。

年深日久，一隻被豢養了的狗，與牠的飼主之間，勢必已築造了一種雙方都認同的關係，然而，就牠數日離家出走，隨後又重新歸來這樣不尋常的事件的發生，兩造之間斷然絕然完全沒有對話及討論的可能性。

於是人、犬四目交會，面面相覷，只覺「盈盈一水間，脈脈不得語」，變成了一種最親近又最遙遠的緊張的對立，此時此刻，自我的腦際豁然跳出了海德格那一句曾久思不得其解的話：

「詩人和哲學家比鄰而居，在相距最遙遠的兩個山頭。」

我深知海德格的哲理是不易開悟的，更不可能速成。他說的話不妨先久思，久思之後仍須久思，再久思之後仍不得其解，是正常現象。

譬如他最著名的那句話：

「語言是存有的房屋。」

如果你顧名思義，認為是預先造好了一座語言的房子，人住在裡面，就好比「我揹著我的小房子走路」的有殼蝸牛，那就差遠了。海德格其實要強調的道理，也很簡單，就是說人使用語言往往是習而不察，渾然不覺的。就像住在屋子裡頭的人不走出來就永遠不知屋子其實是什麼樣子。

我們不僅是被語言圍覆，宿住在語言的裡面，我們說話也只是跟在語言的後面說，而且是行走在語言的路上。人不論怎麼往前走，也無法超前語言本身，走不出語言本身這條路。因此，以科學方式去客觀地研究分析，無異緣木求魚，永遠也找不到語言最要領的東西──語言的本質。

當你已然深深陷入了「本質」的腦力激盪之中，他又去牽來一條狗對你說，人會說話，所以人是唯一自知不免一死的。狗不會說話，故亦不知死亡。因此語言勢必和死亡有些關聯性吧。接下來，他卻又喋喋不休地推論到什麼「語言的存有，即存有的語言」叫人「抓狂」的大道理上去了！

最後，海德格端來一只鼎鑊，乾脆叫你跳下油鍋，去進入語言，親自去「經驗」語言，唯有如此，他說，你終於才能找到語言的本質了。

「凡本質的東西，總是那麼靜悄悄地，突兀地，千載難逢地一閃而過！」

信哉，海德格斯言！

凡讀過「迢迢牽牛星……」這首古詩的人，其實就多少已經參悟了那升天入地難求的海德格的「秘笈」——語言的本質。只可惜大家都習而不察，渾然不知罷了。

那迢迢牽牛星與皎皎河漢女，兩者相隔的距離，豈僅是「最遙遠的兩座山頭」？在時間悄寂，蒼穹浩瀚的大自然的渾然原貌裡，天地人神各把一方各就其位，照海德格的說法，語言便從這裡，湧出最初的源泉。語言最初不是聲音，是一種移動，是物與物之間欲形成對立狀態的漸近移動。

因此，隔著浩瀚的一條星河，牽牛星與河漢女各據一方，這種面對面的本身，即成爲一種語言的勢態，在這種勢態產生的吸力下，空間的距離消失，時間悄然遁形。

當時間靜止，空間不動，一切既無開始，亦無結束，因此那纖纖素手札札弄機杼，無論怎麼每天不停地弄，也是「終日不成章」的了。那有限的生命體，注定不能克服時空的無止無境的人類悲運，叫她怎能不「涕泣零如雨」呢？

「河漢清且淺」、「盈盈一水間」更是道盡了海德格對時空關係中的精義。說來有趣，他認爲空間的距離原是用一個一個的「現在」爲單位去度量出來的，而時間呢，便是將這一個一個的「現在」預先收集在一起。所以時間的過去，其實是「曾經」的重臨，「已逝」的再聚合。

因而，遼遠的天宇河漢變成了清淸淺淺、盈盈滿滿可供戲游的潺潺小溪了。現在只隔著它，兩人默然相視、相知、相認並相愛，已然築造完成一種關係中的關係，既已淬鍊出語言中最想要說出的東西，兩造之間還有對話的必要嗎？

「盈盈一水間，脈脈不得語」是參透了語言的本質之後，一種崇高凜然的詩意情境。最後我們從詩中無聲的天地對話、人神互訴裡，卻分明聽得見那溫柔的河漢女「札札弄機杼」時，那種天宇的大靜寂中嘎嘎之鳴聲（ringing of stillness）。

八十三年一月五日「聯合報」

聲音與憤怒

狗有如無言的文學，文學有如能語的狗。它們一次又一次地總在提醒，說生命裡已知的部分何等渺小；未知的部分何等偉大。在已知與未知巨大落差的懸宕時空之下，我們人類一日復一日地，僥倖避過了種種險象、重重危機，「偷渡」餘生。

每條生命都是千鈞一髮，奇蹟中的奇蹟；每一天光是能平安活著就是萬幸。單是為這些，我們訝異、我們感動涕零都還來不及，哪兒來的什麼美國時間去咒詛人生的無聊、空虛和蒼白呢？

深夜裡野狗打群架，總比白天顯得猖狂得多，據說這是因為狗一入夜，視覺就變得不明，自然會有些惶然不知所措的緣故。

前不久的某個夜裡，我被窗外陣陣的囂嚷聲吵醒了。原來不知何時在居家的這條巷道裡，展開了一場野犬鬥爭大會。

理，因爭奪地盤或性伴侶而爭風吃醋大打出手，乃「犬」家常事，不足爲異。我抱持著一顆平常心，穩若泰山繼續窩在被褥裡，就像我家的那隻大花狗，也寂寂然繼續伏蜷在牠陽臺的箱屋內一樣。

那夜的爭戰竟是場又長又激烈的「消耗戰」，是始料未及的。苦戰伊始，眾「吠士」們立即使出了全武行，巷頭巷尾響起一片廝鬥殺伐、嗚咽哀叫之聲。只是我與我家的大花狗仍然置身度外，聽而不聞。

竟然牠也具如我這般的高度修養，我正要爲牠慶幸，卻分明聽得從牠那邊傳來三聲忿然之吠叫，但聲量十分輕緩，彷彿是喃喃地嘟噥著：「吵死啦，都在鬧些啥！深更半夜的……」

換成我是牠，說實在的，怕不免也要如此這般地吠它三、兩聲的。

這場混戰，眞是非同小可。我卻是從這附近常常出沒的幾條野狗的實力，及牠們傳來聲聲的「戰叫」來判斷戰情。最先，似乎是那又病又瘦的弱小，被兩、三隻兇悍的強者合力欺凌，牠才會發出那尖拔而連續的哀號。

至於那兇悍的雙方，或許也都見不得對方的逞狠威風，不遲不早一觸卽發，鬥將起來，一時之間好不熱鬧。

這時慘叫著的弱小者，正欲趁機溜逃。但強敵絕不仁慈，不肯放行，迅雷般地撲將過去，再度賞以痛擊，悽慘的小野狗，只好繼續哀哀切切地討饒了。

報復也要找藉口，兇悍的乙方認爲甲方怎能如此欺狗太甚，像這樣子想要大小通吃，來稱霸地方是不行的。乙方終於發出了激昂高亢的「正義之吠」，表面是要制止強欺弱的暴行，實質上是要滅甲方之威勢。

那甲方，又怎甘願吃你這一套？牠變本加厲地撲打這小病狗，又回過頭來，狠狠地懲戒那愛管他人閒事，只因自己本身實力不逮的傢伙！

如此一來只聽得撕搏撲鬥更兇猛，哀鳴號哮之音更淒厲。平時夜夜闃寂的巷道，這一夜被牠們攪擾得天翻地覆，死的活的所有一切，這時彷彿都跟著沸騰起來啦。

倘若繼續像這樣不肯罷休地喧鬧下去，是可忍孰不可忍？我家的大花狗的耐力和「修養」，臨到此刻，也已告「破功」！

換成牠是我，說實在的，難免也會想到莎翁名劇《馬克白》中的慨嘆，而搖頭晃腦念念有辭起來吧：

「生命……它不過是由白癡說出的一個故事，充滿了聲音與憤怒，壓根兒沒啥道理！」

而換成我是牠，當此「孰不可忍」之際，又怎能耐得住不引吭高吠，發洩那忿然生猛的無以名之的什麼……

大花狗便以牠的陽臺爲指揮司令臺，對著樓下巷道亂紛紛的戰場，開始作義正辭嚴、激憤慨然的吠叫。那在下面的眾犬弟兄們，或許這時都已打鬧得疲憊不堪，或許是懾服於居高臨下，上「旨」下達的，鍥而不捨，氣勢如虹的吠聲，僵持太久的戰爭已然有了鳴金收兵之象。

這天夜裡牠的吠聲，眞是壯烈又浩大。做爲牠的飼主，不免暗中引以爲榮起來。就這樣牠賣力地，再接再厲地，吠吠復吠吠，雖是費了許久許久的工夫，終於將巷中野犬混亂的戰局，完完全全地鎭住了。當眾犬們各作鳥獸散，夜巷立即復歸於原有的平靜。

仍在被褥中的「飼主」正爲此而鬆了一口氣，卻發覺這司令官大花狗並無就此歇息之意，仍然一聲接一聲在叫著。但想牠不過是驚魂甫定或怎麼的，意猶未盡地再吠個幾聲，倒也無可厚非吧。

實際的情況卻似乎有些嚴重起來。聽著牠那叫聲的勢態，不只沒有漸歇稍息的意向，反而有如重新燃燈添酒似地張羅起來，愈吠愈帶勁了。

我不能任憑牠這樣沒完沒了地叫下去，主要還是慮及可能招致鄰居們的抱怨和抗議。此時不出所料，對面的一個壯漢已在暴跳如雷，口出比三字經更不堪的話了。但這等於是火上加油，可不得了。

因爲對方愈怒，牠愈吠得兇，是咱大花狗的脾氣。我心知情況不妙，就要有大麻煩了。果然，隨著門鈴大作，一顆石子或木塊已飛了上來，敲響了簷邊的雨棚，險些砸破了玻璃門。情勢危急，我已非起身出面去解決不可了。

披衣下床，步向廳房的陽臺門邊，隔著紗門，藉由外面路燈映入的幽微光影，我輕輕喚著牠的名字，並吹幾聲口哨，聽說口哨聲可以安撫狗的緊張。

但事實上這毫不奏效。於是我想推門出去，走近牠的箱屋用手探進去撫摩牠幾下，或許能使牠平靜的吧。然而，在這個節骨眼上，突然，一種凜凜然的威猛驚怖之感，向我迎襲而來，我不覺抽緊了衣襟，倒退了幾步。

平日，不論白天夜晚，每當我走近牠的身旁，牠總以某種身姿或眼神或咻咻的鼻息，表示親暱的回應。但此時此際牠已目中無主人，對我的「蒞臨指導」以及殷殷的低喚，更是毫不動容，一味地拉直了嗓門，一聲又一聲狺狺然地，狂吠不止。

牠在第一聲和第二聲起落的接續地帶，牽拖著一種很詭奇的「弦外之音」，像在嗥，又像在吟，隔遠一點聽不太出來，但離得愈近，那聲調愈叫人聽得毛骨悚然……

這一夜如火如荼的野狗巷戰，大花狗的容忍克制在先，憤怒得以至於一發不可收拾在後。尤以到最後那每兩聲狂吠之間，至為詭秘的嗥吟，那一刻，牠根本不是一條狗，不是動物，甚至不屬於一般的生命體，而是人類感知和科技範疇尚且未知的神奇存在。但對這一切，即使是那神奇存在的自身的牠，都已全然遺忘！

次晨，牠立即恢復如常，完全不失做為一隻好狗一切應有的本能和秉性。

畢竟，這一夜的種種，我也終於會全然忘懷的。然則，那生命未知部分的浩然偉大與神奇至極，並不因為人和狗的全然遺忘與無知，而全然消失的。

八十三年五月五日「自立晚報」

說魯迅

關於幻燈事件

現在社會上時髦的都通行罵官僚，而學生罵得尤厲害。然而官僚並不是天生的特別種族，就是平民變就的。現在學生出身的官僚就不少，和老官僚有什麼兩樣呢？「易地則皆然」……

——引自魯迅《吶喊》中〈端午節〉一文

誰說魯迅只是一針見血？

遠在七十二年前的一九二二他就叫你「接招，看刀」！

今天海峽兩岸各據一方，中國人的文化與政治舞臺，豈不都像是官僚和學生輪番上陣演出的模仿秀？

豈不僅是「易地則皆然」，也是「易時」則皆然？

魯迅當年的這一刀，似乎總有人繼續「接招」，沒完沒了。一針見血算得了什麼？對中國人而言，他寫出的東西就像是擺在自家中的明鏡，只須取來一覽，自己臉上的老瘡疤爛痘子全被照見得既分明又精準。

原先我一直奇怪為何外國人反比我們自己更注重、更推崇魯迅，轉念及此，便不以為忤了。因為，誰都是缺乏面對自己的勇氣吧。

我們國人很多根本不敢照這面鏡子，有些只顧對著鏡子自怨自艾，或自暴自棄。鮮少有人會說：

「這眞是一面好鏡子啊！」

若斥責他這面鏡子沒有將東施照成西施，巫婆照成白雪公主的魔性，倒也屬實。但若進而責難其只會一味尖酸地嘲諷，缺乏蓄隱之美、玄藏之道，則當你讀過他的那篇〈藥〉之後，包準你將反悔莫及的。

該篇中瑜兒的媽發現已被處決示眾、含寃而死的孩子的墳墓頂上，長了一圈紅色白色花朶，卻沒有根。詫異之下，以為是死者顯靈了。抬頭但見禿樹上停著一隻烏鴉，於是說：

瑜兒，他們都寃枉你了……如果你真的在這裡，便教這烏鴉飛上你墳頂，給我看罷。

那時只見

微風早經停息了，枯草支支直立，有如銅絲，一絲發抖的聲音在空氣中愈顫愈細，細到沒有，周圍便都是死一般靜，兩個老女人在枯草叢裡，仰面看那烏鴉，那烏鴉也在筆直的樹枝間，縮著頭，鐵鑄一般站著。

那烏鴉怎懂得什麼，只是

……張開兩翅，一挫身，直向著遠處的天空，箭也似地飛去了。

墳頂上無根的花圈，烏鴉並不顯靈是極盡高妙的隱喻。似乎要象徵像秋瑾這樣的志士，他們的命運是無奈的，遭遇是慘暗的，但英雄生命的志節中，有一種火熱沸騰又潔白至高的神性般的東西，使人凜然敬畏。

魯迅的「藥」是浸沾著人血的饅頭，相傳吃了是可以醫治肺癆病的。這種迷信以及它的悚怖奥秘之想像，使我想到時下文藝圈流行的魔幻寫實了。

「什麼魔幻寫實?!」

每年年關將屆，魯先生總不免來到活人的世界驗收所有提到他的文章吧。我知道，如果我像這樣地對他的這篇東西瞎掰下去，魯先生可要像阿Q批小D，批我幾個嘴巴的。

談到外國人比中國人更敬重魯迅，尤以日本人對他情有獨鍾。考其原因，是中日地緣及文化文字相接近等背景之外，當年青年周樹人（魯迅本名）在日本仙臺習醫之際，發生了一件「驚天動地」的，所有魯迅的傳記中都無不詳細記述著的，促成他從此決心棄醫從文的偉大的「幻燈事件」！

一九〇六年正值日俄戰爭，二十五歲的周樹人來到日本一所鄉間醫事專科學校，使用幻燈片教學的細菌學課，常有多餘的時間看些時事戰爭影畫片。《吶喊》的自序中說：

有一回，我竟在畫片上忽然會見我久違的許多中國人了，一個綁在中間，許多站在左右，一樣是強大的體格，而顯出麻木的神情，據解說，被綁著的是替俄國做了軍事上的偵探，正要被日軍砍下頭顱來示眾，而圍著的便是來賞鑑這示眾的威舉的人們。

這一年沒有完畢，我已經到了東京了，因為從那一回以後，我便覺得醫學並非一件緊要事，凡是愚弱的國民，卽使在體格如何健全、如何茁壯，也只能做毫無意義的示眾的材料和看客，病死多少是不應以為不幸的。

接下去就是魯迅的結論：

所以我們第一要著，是在改變他們的精神，而善於改變他們的精神的是，我那時以為當然要推文藝，於是想提倡文藝運動了……

細賞過魯迅的讀者或不免感到詫異，他這最後幾句話爲什麼變得如此言輕意重，含混籠統，又結論乏力呢？因爲這太不像他的筆鋒。

想那大文豪容或亦有弱筆，不値得訝異。且於一般僅知魯迅文名鼎鼎，並未深究其作品的讀者而言，「幻燈事件」不啻是魯迅爲何棄醫從文的一個動人心魄的有說服力的好藉口。

從近兩年有意無意地蒐尋魯迅的有關事蹟資料之際，我終於知道日本是魯迅研究者的大寶庫。

別的不說，光是「幻燈事件」有關的資料就有太宰治寫的具政治味的「支日親善美談」

式的中篇小說〈惜別〉，有藤野恒宅搜羅記載魯迅當年的恩師藤野嚴九郎的生平事蹟，尾崎秀樹就當時魯迅寄宿仙臺的地理社會環境，及那時期政治及軍事影響下所發生的事件，均有巨細靡遺的紀錄。小林茂雄甚至找出他讀醫專時第一學年的成績單。

歷來日本出版過魯迅全集無數次，前兩年才由筑摩書房出版的六大卷魯迅文集，則是由日本研究魯迅的權威竹內好一手翻譯的。他贈給魯先生一頁雖不是最堂皇的冠冕——「誠實的生活者」，但我以爲這是魯先生所有的冠冕中最「速配」的一頂！

對於「幻燈事件」竹內好的分析亦是慧眼獨具。

雖說看到幻燈畫片或許使魯迅覺悟改造中國人的精神比醫治保健中國人的身體更重要，但竹內好認爲，魯迅並不是遽而毅然地棄醫從文的。他以爲幻燈事件之前的漏題事件對魯迅的震盪性更大。

關於漏題事件在〈藤野先生〉一文中，魯迅自己有詳細的提及。

藤野先生一直熱心地批改魯迅的上課筆記，因而引起班上同學猜疑，老師是否藉機也將考題洩漏給了他，否則，這個原本考不及格的中國同學，解剖學成績爲什麼進步了呢？於是有些人就去找他的碴，栽他的贓，對魯迅是件非常難堪的事。

雖說後來證明是出於誤會，還給了魯迅清白。然後來他仍耿耿於懷地嗟嘆：

「中國是弱國，所以中國人當然是低能兒，分數在六十分以上，便不是自己的能力了，也無怪他們疑惑。」

竹內認爲漏題事件發生在先，對魯迅的意義在於，有過那次親身受異國同學侮辱的經驗，後來在幻燈中看到那些愚弱的國民，被「做毫無意義的示眾的材料和看客」，才能眞切地感同身受，其理至明。

就一位「誠實的生活者」魯迅個人而言，自我尊嚴受辱的傷痛，是會因眼見國家民族尊嚴的受打擊而更加劇烈的。據竹內的臆測，年輕的魯迅當時是以忍辱含憤，無限沈痛的心情離開仙臺前往東京的。若說他這就此得到徹悟，要放下解剖刀，立地成文豪，似乎是唐突冒失，不甚合於情理的事。

因此，所謂幻燈事件是魯迅棄醫從文，或開始提倡文藝運動的契機的說法，「姑妄言之姑妄聽之」，也罷。

就此事件尾崎秀樹更大膽地假設說，當時，魯迅在教室裡看到日俄戰爭時事片例是眞的，但至於看到中國人被做成「毫無意義的示眾的材料和看客」的有俘虜和圍觀者的鏡頭，則純屬編造虛構。

尾崎說這是魯迅作品中常用的擬喻手法，事實上後來魯迅作品中這類處決示眾的鏡頭也屢見不鮮。他以爲若在魯迅自述的這段文字裡捨除其象徵性的本意，只強調幻燈事件當做他棄醫從文的轉捩點是毫無意義的。最後個人對幻燈事件，也想附庸一下以湊熱鬧。

魯迅寫「凡是愚弱的國民，卽使在體格如何健全、如何茁壯，也只能做毫無意義的示眾的材料和看客，病死多少是不應以爲不幸的」這一段話的時間，是在一九二二年。事隔十七年，竟不幸而被他言中，日本七三一部隊眞的就在滿洲，眞的就拿中國人做醫學研究實驗的「材料」啦。從一九三九至一九四五年六年裡，因做成了實驗「材料」的中國人人體慘遭棄屍毀命的，高達數千餘人。而對日本方面而言，眞的也是「死多少是不應以爲不幸的」了。又按照尾崎先生的推論，魯迅此言係出於自己編造虛構。果眞如此，則我們中國不但有位一刀能劈出歷史的傷疤的大文豪，而且還有個大預言家「魯鐵嘴」呢！言多必失，還是不要把那偉大的幻燈事件附會得太「魔幻」了。否則，那「誠實的生活者」以及誠實的生活者的評論家們，可就要生氣的了。

八十二年十二月五日「中央日報」

夢魘的曝光

照例是無公可辦的一個什麼公家單位的辦公室裡，幾個職員就只有聊天；一位老先生氣呼呼地感嘆自己的兒子們怎麼不爭氣，三番兩次爲了錢，「打起架來了，從堂屋一直打到門口，我怎麼喝也喝不住。」

「我們就是不計較，彼此都一樣，我們就將錢財兩字不放在心上，這麼一來，什麼事也沒有了。」

說這話的，是另一位被大家公認爲一對兄弟相互敬愛的模範兄長。

這兄長驟然想起今晨沒去上班的弟弟，說是身體覺得不適，有點發熱，在家裡躺著休息。隨卽又聽得同事提起報上說有「猩紅熱」病症流行，做哥哥的這下子急如星火，當下決心要去延請城裡第一流的西醫爲弟弟診病。

他整天整夜張羅折騰，弄得鷄飛狗跳，才發現是虛驚一場，那病並不是什麼有致命危險的猩紅熱，而只是「這麼大還沒出過的」疹子而已。這兄長終於算是吃下了定心丸，第二天回到辦公室，又聽得那老先生仍然咕噥著：

「到昨天晚上，他們也還是從堂屋一直打到大門口，老三多兩個孩子上學，老五說他多用了公有的錢，氣不過……」

經過整日折騰，而且夜裡夢魘連連的這位兄長，卻已說不出像「錢財兩字不放在心上」這樣的話了。鬱悶地去接辦一件什麼「無名男屍一具請飭分局速行撥棺抬理」的公文。他恍惚還記得昨晚的夢裡，是自己替弟弟備好了棺木，並且掌摑了弟弟的孩子，打得滿臉流著血……

以上便是魯迅於一九二五年所寫的一篇小說〈弟兄〉的內容。其時魯迅本人早已和他的弟弟周作人關係破裂（據傳是跟後者的日籍妻子羽太信子從中挑撥有關係），自己搬出來租屋另住已兩年多了。

〈弟兄〉這篇中的弟弟靖甫，就是周作人無疑，因為事實是一九一七年魯迅和周作人同住在紹興會館之際，北京正流行猩紅熱。魯迅好友許壽裳也曾說：

「當時作人忽然發高燒，魯迅急壞了，四處借錢，延醫買藥，後來才知道不過是出疹子。」

許氏又說魯迅對於「作人的事，比自己的事還要重要，不惜犧牲自己的名利統統來讓給他。」

可見當時周氏兄弟（魯迅本名周樹人）的友愛，是朋友們都深信不疑的。

我並沒有從考證來做評析的資格，拿小說中的記述來和眞人眞事一一對證，比較何者屬實，何者爲虛構，似乎也無此癖好。況且小說取材自作者自身眞實生活中的人與物是屢見不鮮的。就魯迅的小說來說，除了這篇〈弟兄〉，〈孤獨者〉裡的魏連殳是他自己，〈藥〉是寫秋瑾，〈白光〉中那科舉時代潦倒的文人陳士成是他的祖叔子京，而其他交織錯列於虛構與現實之間「張冠李戴」的人物不勝枚舉。

杜思妥也夫斯基說：

「眞人眞事往往反而最奇特最不可思議，爲什麼不值得去寫呢？畢竟它才是最眞實的。」

舞臺上的戲編排得再妙，總也「妙」不過眞實人生。譬如〈弟兄〉之中以爲是猩紅熱卻發現不過是大人出疹子這件事，如果沒有眞的發生過，怕連魯迅也是編造不出的，即使能想出另外一種，怕也沒有眞實的這一種叫人服氣的。

歷來藉寫文章做自我辯解，或將別人已認證的自己的錯誤缺失，據以做一番深深的自責的較爲常見，而像魯迅這樣藉小說挖出自己心中並未曾「曝光」的惡形惡狀，似較不多見。

譬如一件夾衣，任誰都是要把好的面子朝外，破爛了的裡子朝裡穿的。而寫〈弟兄〉的魯迅，起先也是和一般人一樣，把好面子穿著給人看。接下去終於是把衣服脫下了，把破爛的裡子老老實實翻過面穿出來讓人看，且不怕人看得仔細。

夢雖不一定完全就是表面生活的「裡子」，但它總要比表面的一切更能顯示一個人的眞面目吧！於是魯迅也和許多文學家如果戈里，杜思妥也夫斯基一樣，藉一場夢魘的描繪，暴露出主角的「眞裡子」。（它有時比別人的破爛的面子更令人慘不忍睹！）

別人兄弟爲了錢打架，「從堂屋一直打到大門口」，而夢裡的自己則是揹了要收殮弟弟的棺材「從大門外揹到堂屋」，卻有人在旁邊交相讚譽。

別人兄弟再怎麼吵鬧不休，也只是「老三多兩個孩子上學，老五說他多用了公有的錢，氣不過……」

而在模範兄長魯迅的夢中，卻只見弟弟的兒子滿臉是血，而自己還是舉起了手掌要去打他，因爲

——他命令康兒和兩個弟妹進學校去了，卻還有兩個孩子哭嚷著要跟著去。他已經

被哭嚷的聲音纏得發煩，但同時也覺得自己有了最高的威權和極大的力，他看見自己的手掌比平常大了三、四倍。鐵鑄似的，向苟生的臉上劈過去……

若跟自己開頭時堂皇的說詞「還是爲錢……我眞不懂自家的弟兄何必這樣斤斤計較，豈不是橫豎一樣……」，兩相對照之下，自己不過是面子漂亮，裡子一塌糊塗，說起來倒不如別人兄弟的「老三說，老五折在公債票上的錢是不能開公帳的，應該自己賠出來」，如此一五一十，親兄弟明算帳，表裡如一的好得多。

道德倫常的沈重面具之下，壓住了人們各式各樣的夢魘，最痛快的事莫過於揭穿這一面具，讓所有的梟蛇鬼怪現形。〈弟兄〉中的魯迅「也想將這些夢跡壓下、忘卻，但這些卻像攪在水裡的鵝毛一般，轉了幾個圈，終於非浮上來不可。」

只有靠文學的「法術」可以讓梟蛇鬼怪轉幾個圈浮上來吧！我想。

在日本以介紹魯迅及其作品而著稱的竹內好曾說：

「我不認爲魯迅的作品是所謂的爲了人生，爲了民族，或爲了愛國而去寫的有功利性目標的文學，但魯迅倒可說是個誠實的生活者，是熱烈的民族主義者，是個愛國者。然而他絕不曾拿這些去做他文學成就的墊腳石。」

做一個誠實的生活者並沒什麼，只不過是先將自己衣服似乎完好的面子給人看，之後再讓人看看那破敗的裡子，並讓自己的夢魘曝光而已。

八十二年一月十四日「中華日報」

咯支咯支

中國的男人，本來大半都可以做聖賢，可惜全被女人毀掉了。

相信很多的中國男人和女人們都不喜歡這一句，〈阿Q正傳〉裡面道地的魯迅式的諷喻。

前些時看到某電視節目，科學與文學兼治的陳之藩先生說他自己受魯迅的影響最大。卻緊接著說：

「我不喜歡他的思想。」

使我想到有個朋友剛好和陳先生相反，只喜歡魯迅的思想，不喜歡他的人。

我很爲之納悶，總覺得思想和人是不能分開來的，尤其對於一個偉大的文學家而言。

我以爲文學作品中要緊的東西，除了思想，還是思想。魯迅在二、三〇年代所發表的許多看法，到如今六、七十年後都能逐一兌現，這並非是他眞的有什麼預言本領，而是他有高純度的藝術之眼，往往可以穿透洞徹世間的人與現象內在的本質。時間根本不成爲障礙。

魯迅所言，從來不做蜻蜓點水式的「點到爲止」，或飛鴻雪泥式的「打高空」。他的作品極少論及男女戀愛或性之類的事。但他不提則已，一旦提起，就非要論到叫人刻骨銘心不可。在一九二四年他寫的一篇叫〈肥皂〉的短篇小說，對中國男人的性心理，做了極高明的剖析：

> 阿發，你不要看得這貨色髒，你只要去買兩塊肥皂來，咯支咯支遍身洗一洗，好得很哩！

這正好跟前面的那句「中國的男人，本來大半都可以做聖賢，可惜全被女人毀掉了」，兩句話，一明一暗，可說把中國男人的性心理，裡裡外外，全給抖開來了。

自認很有些常識的男人都怕「髒」，才不敢輕易接近女色。他們的所謂「髒」，觀瞻感覺上的不悅還在其次，主要是有染上梅毒愛滋等羞恥之疾等顧慮。這樣的男人們，一旦從一張蓬首垢面中竟也「驚豔」起來的時候，就不免很「性急」了，只想到速速去拿塊肥皂來咯支咯支遍身洗一洗，務必弄到手才好。

〈肥皂〉小說之中的四銘先生是位滿腦滿肚子「聖賢之道」的老酸儒。有一天在大街上看見兩個討飯的女人，一老一少，只見那十八、九歲的女丐，將討到的食物全獻給白頭髮瞎眼的祖母。

「可是這樣的孝女，有人肯布施麼？」四銘先生回到家中，將他的見聞轉告他的太太。「我看了好半天，只見一個人給了一文小錢；其餘的圍了一大圈，倒反去打趣。還有兩個光棍，竟肆無忌憚的說：『阿發，你不要看得這貨色髒，你只要去買兩塊肥皂來，咯支咯支遍身洗一洗，好得很哩！』哪，你想，這成什麼話？」

至於四銘自己，卻連一文小錢都沒給。他的理由是：

「一兩個錢，是不好意思拿出去的。她不是平常的討飯，總得……」

而眞象便是在這「總得……」下面的意念之中了。

四銘太太自然明白那兩個光棍才說出了男人心坎裡的話。在回家的途中，四銘果然是去買了一塊肥皂，交給他太太的時候，他瞥見她脖子後方皂莢子沒洗乾淨的老泥，說：

「你以後就用這個……」

而在潛意識裡，是這四銘先生見到了那花樣年華的女丐，旁邊有人說買肥皂來「遍身洗一洗」，可說是正中下懷。那「不能全被女人毀掉」的聖賢心理，卻怎麼也阻擋不了去買塊肥皂用來「咯支咯支」窮過癮一番的誘惑。

當他的太太收下那塊肥皂，他自己那種賊兮兮的，忐忑不平的，奧微的心態，才能獲得「正當化」。然而又發現她已經識破了他的心機，這使他非常不快更覺不安。

「……只要再去買一塊，給她咯支咯支的遍身洗一洗，供起來，天下就太平了。」

四銘太太這「供起來」，最有意思。

男人對於得不到的，或認爲得之不義的「女色」，自有一套補償的方式。四銘的方式是可笑，但卻無可厚非的，他要寫一篇什麼以「孝女行」爲題的詩，請朋友送去報社刊載出來，藉以表彰表彰而已。這也正是四銘太太所說的把對象「供起來」的意思了。他說表彰孝女，「可藉此針砭社會」，其實是一種針砭自我，一種贖罪方式。

食色性也，對一名女丐動了點「邪念」，那裡值得像四銘先生這樣地大費周章來「深痛自責」呢？

除非是精神失常的，現在在大街上已不容易見到「如花似玉」的女丐，大約有的都是去做雛妓了吧。如今的許多「正人君子」們，不是正在紛紛地發起救助雛妓運動，並以熱烈地響應到了立法保護的程度嗎？這和魯迅時代的「表彰孝女」心理不能說全無關係，只是臺語說「幼齒補眼睛」的誘惑力已不太大，因爲現在坊間能「養眼」的電影、錄影帶、牛肉場，這秀那秀的，多得不能再多，何須再去找「幼齒」來補？沾雛妓犯法，不名譽事小，最重要的還是怕她們的「髒」：補了眼，中了愛滋，才不划算哪。而這「愛滋」什麼的聽說光是去買兩塊肥皂來，「咯支咯支」洗一洗，也是洗不掉的。

魯迅用了幽默的筆鋒，寬慈的心懷，寫透了男人好色與禮教兩種心理的掙扎。通篇盡是細膩的刻畫，柔美的描述，許多對白更具畫龍點睛之妙。

然而，最使我欣賞的，是文章臨到最後，故事就要結束的時刻，魯迅先生的筆調一轉，倒像是作者自己開始在喃喃自語了。

> ……經過許多時，堂屋裡的燈移到臥室裡去了。他看見一地月光，彷彿滿鋪了無縫的白紗，玉盤似的月亮現在白雲間，看不出一點缺。他很有些悲傷，似乎也像孝女一樣，成了「無告之民」，孤苦零丁了。他這一夜睡得非常晚。

白天在吵雜的大街上見到乞丐，是一種看熱鬧的，心浮氣躁的心情。然胡鬧了一天，等到夜闌人靜，捫心自問，於是種種不堪與苦楚浮上心來，再想及那丐女的「無告」，面對孤獨的自己，悲人與自悲原是如此地相同甚至重疊。

世間男女，情同手足，眾生疾苦，感同身受，才是文學藝術的終極關懷，也是魯迅思想中最緊要的東西吧。

八十三年元月二十四日「中央日報」

相距一甲子

俄國文學大師杜思妥也夫斯基（一八二一～一八八一）在世六十年，剛好是一甲子。這位活了一甲子的文學者辭世的這一年——一八八一年，恰逢我們的魯迅（一八八一～一九三六）出生的一年。他後來不幸竟不能活到一個甲子，難道是我們華人身體「本錢」向來單薄，想有一甲子的壽命，還得讓老天爺剋扣五年的「高利貸」？

相距一甲子，這兩人都屬蛇。算來近代重量級的叛逆性格人物肖蛇的還眞不少；除了杜氏和魯迅，另計有達爾文（一八〇九～一八八二）、畢卡索（一八八一～一九七三）、毛澤東（一八九三～一九七五）、沙特（一九〇五～一九八〇）、果戈里（一八〇九～一八五二）、福婁拜爾（一八二一～一八八〇）、愛格愛倫坡（一八〇九～一八四九）等等。

杜氏和魯迅都出生於家道中落的家庭。都是父親比母親早逝，兩人都對母親較爲親近，父親都似乎變成他們成長以後心中的「暗影」。

少年時期兩人原都是念理科的，卻都爲了某個印象強烈的「鏡頭」，刺激之下，而毅然地「棄理從文」。

不到二十歲的杜氏，從莫斯科去就讀聖彼得堡的一個軍事工程學院的途中，從他投宿的那家小旅店的窗口，看見了一個官廳差員，在鞭打他的馬伕，那馬伕接著就鞭打他的馬的「鏡頭」。事隔幾乎三十年，在《罪與罰》初稿的筆記中，杜氏還寫著：

> 我第一次的感到憤怒不平就是來自那匹馬和那位官廳差員。

軍校一畢業，杜氏就放棄他的專業生涯，而走上了漫長艱苦的寫作之路。

二十五歲的魯迅在日本習醫，一次偶然的機會，在教室看到日俄戰爭的一段紀錄幻燈片：一位體格健壯的中國人被日軍指爲俄探，正要被砍頭示眾，而被殺者與圍觀的中國人卻都神情痲木。

就是這個「鏡頭」的刺激，當時魯迅即深感要拯救中國，「醫學並非一件緊要事」，終於決定棄醫從文，要用文學來改變國民的精神。

他們兩人並沒有政治的野心，卻都曾受過重大的政治牽連，且他們作品中都有極大部分，是爲社會邊緣的被壓迫者及被凌辱者發出抗議及痛苦的心聲。

杜氏一度因涉嫌參加了當時不法的政治集團，被俄皇判處死罪，臨刑當卽，忽被寬釋，改爲發落至西伯利亞服苦役。

魯迅受政治活動牽連似較持續性且很複雜。但他自稱對「社會的戰鬥」善於採取「壕塹戰」技巧的緣故吧，卽使碰到千鈞一髮的危機，仍可倖免於致命性的暗算或迫害。到了中年兩人都交桃花運，都是受到年輕且善解人意的女子的青睞，從此得以過著美滿的家庭生活度過餘生。

杜氏的對象是他的女秘書安娜史尼奇娜，比他小二十五歲；魯迅的她則是在北京女師大教過的女學生許廣平，從一九二七年正式開始同居，這一年魯迅四十六歲。巧的是杜氏也剛好是四十六歲（一八六七年）和安娜結婚的。

他們都是愛小孩的好父親，也有兄弟情。兩人都曾有一段日子是必須賺錢養活弟弟的家眷。

然而病魔和隱疾也眞磨苦了兩位大師。

杜氏是癲癇症。不定期地發病，嚴重時每十天發作一次，每次持續五日，癒後又要等三、四天腦筋才清醒。但他還說，在發病的前夕，每每能經歷一種短暫卻極奇妙寧靜的生之喜悅的時刻，有了這樣的境界，他以爲即使因而折壽十年也不覺後悔。

至於得了肺病的魯迅，當一位德國醫生告訴他，以他的病情，若是在西歐，恐怕早在五年前就死了的時候，他反而舒坦開豁了起來。在〈這也是生活〉一文中，魯迅寫道：

> 象心縱意的躺倒，四肢一伸，大聲打一個呵欠，又將全體放在適宜的位置上，然後弛懈了一切用力之點，這真是一種大享樂……我想，強壯的，或者有福的人，恐怕也未曾享受過。

魯迅讀過的俄國文學作品非常多，他的第一篇小說〈狂人日記〉便是受了果戈里《狂人日記》的影響。也譯述了一些作品，其中較重要的怕也是譯果戈里的《死靈魂》吧。對這位跟他自己恰恰相隔一甲子的杜氏雖較少提起，不過有一篇〈杜思妥也夫斯基的事〉短文，是魯迅一九三五年爲日本三笠書房出版杜氏全集普及本而作的。他劈頭就說：

> 到了關於杜思妥也夫斯基，不能不說一兩句話的時候了。說什麼呢？他太偉大了，而自己卻沒有很細心的讀過他的作品。

話雖如此，然魯迅在這篇小文裡，卻道出了許多專業評論家所說不出的東西：

他把小說中的男男女女，放在萬難忍受的境遇裡，來試煉它們，不但剝去了表面的潔白，拷問出藏在底下的罪惡，而且還要拷問出藏在那罪惡之下真正的潔白來……愈身受，也就愈懂得他那夾著誇張的真實，熱到發冷的熱情，快要破裂的忍耐……

像這些，是「沒有細心讀」的人能有的見地嗎？

《卡拉馬佐夫兄弟》可說是杜氏一生所有作品的集大成，他過去所有小說中的靈魂人物，全都在《卡》書中更燦爛地再現，寫盡了俄羅斯的典型人物個性。當年該書在莫斯科報章刊物上連載，每一集的推出都造成社會的轟動及迴響，推崇該書作者杜氏的熱情也節節昇高，直到他死時的喪葬，是以隆重的國葬儀式舉行的，杜氏已被全俄國人民奉爲「國寶」了。

單就作品被譯做他國文字的種數而言，魯迅應算是我國近代最具國際知名度的文學者了。他死時在上海的成千上萬人的送殯行列，自可說明他被國人愛戴的程度。即使是他的敵人，不論怎麼罵他，詆毀他，卻總也無法否定他的作品和才氣的。

〈阿Q正傳〉雖非其集大成之作，也不能說全然代表了中國人的典型，然時至今日，那一位想要唱著「手執鋼鞭將你打」赴法場的阿Q，雖已死去七十多年，占世界人口四分之一的漢民族們，似仍可從阿Q的笑痕淚跡裡發現自己的影子，而感喟不已呢。

尋找人類中的人性（to find human in a human being）一直是所有文學大師們的目標。但杜氏彷彿老是要在男盜女娼中找到正人君子；而我們的魯迅卻偏要在正人君子身上找到男盜女娼，這或許就是相距一甲子的兩位大師最大的不同處了。

八十二年元月二十四日「中國時報」

吳媽和子君

這一天，魯迅先生的阿Q，在趙太爺家裡春了一天米，吃過晚飯後，就坐在廚房吸旱煙。不知怎地，突然「驚豔」了起來，對象不是別人，是趙太爺家這唯一的女僕吳媽。

「太太兩天沒有吃飯哩，因爲老爺要買一個小的……」吳媽說。

但阿Q沒吭氣。他心中想的是女人……吳媽……這小孤孀……他放下煙管，忽然搶上去，對吳媽跪下了：

「我和你睏覺，我和你睏覺！」

想來，當初羅蜜歐一見到茱麗葉，便二話不說來個阿Q式的「攤牌」的話，至少也可省得去到她香閨的窗子外面，「星星，月亮，玫瑰，羅莎琳，新傷痕，舊瘡疤」地朗誦得口乾唇焦，額頭冒大粒汗珠了。

爲使母親早點了一樁心願，二十五歲的魯迅先生（即一九〇六年）特地從日本回到紹興，目的是和朱安女士完婚。婚後不及數日，又即返回東京。

對於這件婚事，魯迅先生自己的意見是：

「這是母親給我的一件禮物，我必須接受。至於愛情，是我所不知道的。」

的確，在他不算少的小說和雜文之中，魯迅談到愛情的部分，可說極其稀少得到了「潔癖」的地步。他倒寫過一句情詩，但卻是故意要糗一糗當時死呀活呀，花呀月呀的佳人才子文藝的「野菊的生殖器下面，蟋蟀在吊膀子」。

但若據此以爲魯先生不過是個，視愛情爲亂搞男女關係，並對女性也懷著尼采式的不屑眼光的人，那就錯得離譜了。

在六、七十年前婦女解放運動仍在啓蒙時期的中國，做爲男性的魯迅，極明顯是傾向同情女性這一邊的。但他可不是官樣文章，空言幾句贊助或支援的話，就交差的人。而是曾經以視女性如己，感同身受的心情，去思索和審視過女性問題的人。

一九二三年有一次他到北京女子師範大學講演，題目是「娜拉走後怎樣？」

娜拉的毅然離家出走，是代表一百多年前的女性，不願繼續再做男人傀儡的，一次偉大的「覺醒」。然而，除了因之而爲天下的女性而禮讚，而欣喜之餘，魯迅不免又透露出他一向對所有的人類的問題的終極關切：

「人生最苦痛的是夢醒了無路可走。做夢的人是幸福的；倘沒有看出可走的路，最要緊的是不要去驚醒他。」

今天，女性已經「覺醒」一、兩百年了，然而，由於女性角色的爭議而造成各種社會的問題，以及圍繞著女性自身的一籮筐的煩難，顯然仍有增無減。事實上，那些難題與困擾似乎變得比從前更加駁雜錯綜起來。這或許正是因爲有太多的女性，臨到了「夢醒時分」卻還看不出自己今後「可走的路」的緣故吧！

當然魯迅絕不可能是要暗示女人，應當被關在父權或夫權所打造的「家」的樊籠裡。他所寫下〈祝福〉中的那位「祥林嫂」，簡直就是爲中國典型的苦命女子，遞出了一紙交織著血淚的冤狀——

> 我真傻，真的。我早知道下雪的時候野獸在山墺裡沒有食喫，會到村裡來；我不知道春天也會有……糟了，怕是遭了狼了。再進去，他果然躺在草窠裡，肚裡的五臟已經都給吃光了，手上還緊緊的揑著那只小籃呢。

眞的，她眞傻。那隻狼，不就是無論溫暖的春或是下雪的冬，都會出現的「四權」（政權、夫權、神權、族權）的猛爪厲牙嗎？那肚裡五臟被吃空的，手上還緊捏著小籃的孩兒，不就是在這四權的淫威之下，無數女性慘苦無告的命運的比喻嗎？什麼「祝福」？其實是「吶喊」——發自所有中國含苦受罪的女性！

在魯迅的作品中，女性至少可分爲兩類：即「吳媽」類和「子君」類。前者是指普遍的舊女性，後者是個別的新女性。

〈祝福〉中的祥林嫂，〈阿Q正傳〉中的吳媽、老尼姑、小尼姑、鄒七嫂，〈離婚〉中的愛姑，〈風波〉中的九斤老太、七斤嫂、八一嫂，〈肥皂〉中的孝女、四銘太太，甚至〈奔月〉中的嫦娥等，都可歸屬於「吳媽」一類型。

對於她們，魯迅總以萬分同情，無盡關愛的著眼點，去剖析她們因不同的身分而有的特殊處境。耐心地、娓娓地替她們吐訴心聲。

對於她們，他尤其是小心翼翼地，避免投進半絲舊社會裡，男性對女性不經意地會透出的輕蔑的成分。

然而魯迅對於「子君」一類的女性，就不禁要沈痛而忍心地「愛之深，責之切」了。

子君是魯迅較少被人提及的一篇小說〈傷逝〉中的女主角。此篇小說的文氣和情節，雖遠不像他同時代的鴛鴦蝴蝶派文藝，那樣「山地饅頭」（sentimental）的厲害，但可說是他的作品中，較帶著些「煽情」氣氛的一篇了。

> 我已經記不清那時怎麼地將我的純真熱烈的愛表示給她……在慌張中，身不由己地竟用了在電影上見過的方法了。後來一想到，就很覺得愧恧，但在記憶上卻偏只有這一點永遠留遺，至今還如暗室的孤燈一般，照見我含淚握著她的手，一條腿跪了下去……

當然，這位男主角接下去的話不可能是「我和你睏覺，我和你睏覺！」因爲這次的對象可不是一個普普通通的吳媽，而是脫盡了舊思想的，堅強的，無畏的新女性——子君。愛上的既是一位新女性，並願共同生活，以爲從此她必能勇敢地面對社會外界，接受生活嚴苛的挑戰吧，然而，才經過這些微現實生活的試煉，就令人失望了。

> 她所磨練的思想和豁達無畏的言論，到底也還是一個空虛，而對於這空虛卻並未自覺。

男主角突告失業，而使家中經濟告急，她卻還拿人都捨不得吃的羊肉去寵狗，爲著幾隻小油鷄跟房東太太暗鬥。只爲男的去放掉了一條養不起的狗，竟也怪罪他的心腸硬而跟他賭氣。所謂的新女性，這時候，倒不如舊女性的堅韌了：

她早已什麼書都不看，已不知道人的生活的第一著是求生，向著這求生的道路，是必須攜手同行或奮身孤往了。倘使只知道搥著一個人的衣角……

子君不只是已墮落於微瑣和無聊的生活細節，簡直是要將自己暫時的安寧，建造在別人苦痛和憂心的持忍之上了。魯迅如此地責難著：

她的勇氣都失掉了。只為著阿隨（狗名）悲憤，為著做飯出神；然而奇怪的是倒也不怎麼樣瘦損……

就這樣地麻木下去，直到有一天，男的對她說：

是的，人不該虛偽的，我老實說罷：因為我已經不愛你！

才恍然地，淒切地離開了他。

……負著虛偽的重擔，在嚴威的冷眼走著所謂人生的路……

「死」是魯迅大部分小說的結局，〈傷逝〉的最後也是子君的死，以及男主角的自責和錐心似地疼惜：

……那麼即使在孽風怒吼之中，我也將尋覓子君，當面說出我的悔恨和悲哀，只求她的饒恕……

他責怪自己沒有負起虛僞的重擔的勇氣，而將眞實的重擔卸給了她。他最後的悲嘆是：

我要將真實深深地藏在心的創傷中，默默地前行，用遺忘和說謊作為我的前導！

眞難爲魯迅用了如此寬慨而婉轉的語氣，但那分明不是在指女人不敢面對眞實，光喜歡聽聽謊言嗎？卽使是像子君這樣的新女性。

我們這些「覺醒」了的新女性，都不乏一時之勇。但更重要的是能面對眞實，找到自己的路。否則誠如魯迅說的：

「假使尋不出路，我們所要的倒是夢。」

八十二年五月二十一日「中央日報」

親子丼

幼年時候的海嬰有一天竟問魯迅先生：

「爸爸可以吃嗎?」

那位做父親的怵然而驚，但仍故作神閒氣定，說：

「要吃自然是可以的，不過最好是不要吃。」

廢話！天底下那有兒子不吃老子的道理！尤其是大有來頭的老子，不但他兒子是連他孫子也要吃他的。他孫子周令飛那年剛到臺灣，不就對記者們說過：

「因爲……祖母的關係，那時我們常有戲票，看得到第一流的京劇演出。」

畢竟是名門之後，說話比較保留，他在「因爲」和「祖母」之間稍稍停頓，就把「吃掉」兩字輕輕撂過去。

至於只提他祖母許廣平，不提他祖父魯迅，乃是因爲吃掉後者是天經地義的，人盡皆知的，不提也罷。

若是等到有兒孫之後，魯迅再提筆來寫〈狂人日記〉的話，想必那一夥「笑吟吟的睜著怪眼睛看我」，以及「牙齒全是白厲厲的排著的要吃人的傢伙」之中，除了趙貴翁、古久先生、狼子村的佃戶、診病的何中醫、他自己的大哥以外，還要加進自己的兒子和孫子了。

這麼一想起來，眞叫人從頭頂上直冷到腳板心！

因爲，別人的孩子會吃父母，自己的孩子就未必不會吃自己。

前不久女兒才對我說：

「很想買一本書，想了很久，但不知該不該買。因爲可能要四百多塊，我最近花了太多錢買書。我的書又每一本都貴……」

女兒頗知體諒父母賺錢不易，對她的一番善意，我立即給予開明的回報：

「要買的書，就該趕緊去買，要花的錢就該花。我一定會，也應該給你的。反正以後你賺了錢，再還給我就是了。」

但她的反應既準又狠：

「像我們搞數學這麼冷門的東西，以後可能賺不了什麼錢，而且，賺的一點錢，大概都要用來買書的。」

我急了：

「那買書剩下來的一點錢給我就好了嘛。」

「恐怕沒有剩下來的了。」女兒直逼我上絕路。

我才只好說：

「那我老了該怎麼辦？」

「你老了還可以寫稿啊！」

聽人說母女連心，容或屬實，但至少，她對我總比對她的父親「仁慈」多了。她父親常取笑她只會在家裡潑辣撒野，在外頭則是一塊乖乖牌，正點的書獃，從不懂跟人交際熱絡，甚至連必要的應酬話也都說不上嘴。大學快畢業了，連半個男友都還沒撈到。

「眞可憐！」是她老爸的結論。

「哼，我就知道，你們的意思其實是要早點把我給弄走，把我嫁掉，趕出去就算了，是不是？我現在要告訴你們，別想！我不走，就是不要嫁，又怎樣？我就是不走，就是要『吃』定你們，一輩子！」

果然厲害，從那次以後，她老爸可再也不敢取笑於她了。

只是單獨衝著我的時候，她還不忍心亮出那個「吃」字，這是讓我感激不盡的。

和那女兒相比，那兒子可又略勝一籌了。

做父母的我們兩老，總不免要三番兩次地責言於他，說既然厭惡讀書，根本無意於學問方面求發展，那就乾脆不要上學，出去學門手藝，或無論怎麼去打拼都好。

光是這麼在家裡能賴就賴，混過一天算一天是行不通的。

就這麼訓斥了他幾次。有一天，他火大了，對我們兩老吼著說：

「你們又是要趕我出去是不是？現在，我出去，除了做乞丐，我能做什麼？不是叫我活活餓死？你們既然要餓死我，當初又何必要生我？既然生了我，就要養我，我就要『吃』你們！」

瞧，這下兒子可擺明了，他不是像女兒要「吃」定的，大約還只是她老爸而已。這兒子要吃，就吃一雙！本來嘛，誰叫你們兩個要生我的？

心想大家打開天窗說亮話，也沒什麼不好，反正哪，現代的徒然無助的父母們，不過是在等著，看看孩子愛怎麼吃，就怎麼吃他們罷了。

然而，有時眞也不免叫人緬懷過去了。所謂的「百善孝爲先」什麼的，以及那二十四孝的故事之中，有什麼「黃香扇枕」、「陸績懷橘」、「子路負米」、「哭竹生筍」、「臥冰求鯉」等等，那是何等地親子情深，感人涕淚的古老而美好的時代啊！

儘管魯迅先生說那「郭巨埋子」是孝順孝過了頭，「老萊子娛親」也娛得太肉麻。至於「人『吃』人」的深奧道理，也是他發現的，然而他自己在小的時候，就曾爲父親的病，奔走當鋪和藥鋪。後來又爲了要使他母親高興，而答應了一門親事。他說：

「這是母親給我的一件禮物，我必須接受，至於愛情，是我所不知道的。」

如此看來，魯迅先生本人，若算不得是「事親至孝」，也說得上是「孝行可嘉」了。因此，當他自己那剛長「牙」不久的兒子，竟開口就說想要「吃」他的時候，想必是全然出乎他的意料之外的吧。

他也十分同情那漢朝的郭巨的「著實可憐」的三歲小孩。因爲，

「他被抱在他母親的臂膊上，高高興興地笑著，他的父親正在掘窟窿，要將他埋掉了」。

郭巨說：

「家貧不能供母，子又分母食之，盍埋此子？」

更譏斥那老萊子是個七十歲的老頭兒，竟也穿紅戴綠，作嬰兒啼叫狀，手持個「搖咕咚」，叮叮咚咚地只爲博取耆耄雙親之一笑，豈非肉麻當有趣乎？

其實，魯先生要是現在還活著，他就可以放十二萬個心了。如今之爲人父母者，個個莫不是對子女必恭必謹，培植唯恐不逮，侍奉唯恐不周。而驚天地泣鬼神的各種「孝行」事

蹟，亦時有所聞，傳爲美談，與那二十四孝的故事，差可匹比。只是那「孝道」倒行逆施，變成父母孝子女罷了。

郭巨若生在當今之世，他挖的那個大窟窿，要將之埋下去的自然不是兒子，而是唯恐會跟孫子搶漢堡包吃的老母了。至於這類因疼子而滅親的大義，再也感動不了天地，因此「及掘坑二尺，得黃金一釜」的奇蹟，亦絕無發生的可能了。想及那位老母是被埋掉，而不是被「吃」掉的，則已幸甚矣！

那麼，現代版的「老萊子」又是個什麼模樣呢？

拿在他手中的當然不再是個搖咕咚，而是什麼不明飛行物的遙控器。想他百般地諂媚討好他兒子的兒子，都唯恐太遜，那還來的什麼美國時間去「娛」那放進了養老院老也不死的兩件老骨董？

這篇「大不孝」的文章寫到這裡，不意看看腕錶，也是該收拾收拾，該準備下廚煮飯的時候了。畢竟，人到了該「吃」的時候，是非「吃」不可的。

「親子丼」是一道日本人的家常食物，是把鷄肉和鷄蛋，再加上些什麼佐料混煮在一起，蓋在一大碗飯的上頭，就端去給人吃的。卽使是瞎子在吃這碗東西的時候，也是心知肚明的。那就是，不論父母、孩子，和孩子的孩子，就正像鷄生的蛋，蛋變的鷄，和鷄再生的蛋，到頭來，最終的命運，都不免成爲給別人「吃」的「親子丼」。

八十二年三月二十二日「中央日報」

論雜事

芋仔家族

人逢四十九歲，臺語曰「派告」，若說不吉，那麼國逢「四九」似亦屬不利，因爲大陸風雲變色即肇始於一九四九年。

但對於毛澤東等人而言，那年正可謂鴻運當頭，大吉大利吧；無產階級革命成功，農民和窮人終於從此大翻身，共產主義的新中國於斯正式建立。

歷史最終極的論斷如何，尚無人知曉，但就眼前當下的情況來說，四十餘年共產主義在中國，雖說做了顚覆性的改造和實驗，但獲得的不過是一場慘敗的教訓，逼使共產政權不得不再讓中國人民去吃資本主義的回頭草。

若非「西方紅，太陽落，中國出了個鄧小個兒」的腦筋急轉彎，那個老大不小的中華人民共和國，怕不早就是氣數已絕，或是分崩離析了吧。如此說來，一九四九對於海峽兩岸，都算不得是什麼鴻運當頭之年了。

當年，沒趕上這「夭壽派告」的一九四九的直後來到臺灣的大陸「芋仔」們，有很多都是剛一淪陷，便先逃往香港，或遠走中南半島，避難一兩年或更久，或暫棲於臨近的舟山群島，再輾轉來臺。

我們這個芋仔家族，來臺的有九口之多，是分成梯次渡海而來，且各人的境遇都不同。第一個梯次是父親、堂姊和阿姨三人，他們都是在「四九」稍前一點就先來了，因此對於大陸「淪陷」或「解放」以後的模樣，他們根本無緣親歷。第二個梯次的六個人，則都是等到解放後的第三年，即一九五一年三月才直接從長沙出發，轉經香港九龍乘船來臺的。

這六人之中的祖父母，當時已經風燭殘年，雖說經歷了這趟迢迢千里的逃難路程，但他們和外界毫無接觸，整個大社會的動向流轉，和他們已不相干了。五、六〇年代兩老相繼在這對他們而言一直是陌生的島上辭世。

我的大妹妹到臺灣才數月，因故又被送去香港，數年後再隨母親返回了大陸。她考大學時正趕上文革，雖考上卻因爲屬於黑五類而被取消資格。優秀的人畢竟不會永遠埋沒，如今住在天津的她，是一個高級職校的副校長。在臺灣停留的數月，她尚不及入學年紀，且來去匆促，對於臺灣的種種怕早已沒什麼深印象了。

另外兩個妹妹更小，一九四九年前後都還在拖鼻涕，牙牙學語，豈能懂得什麼政治氣候的變化？

唯獨正當小學三年級的我，解放之後還留在大陸上，事隔一年多才來臺灣的。換言之，赤色的中國多少已先把我薰染成了一名「左傾」兒童。

要從長沙出發的前夕，哥哥對我的囑咐，印象最深。

母親決計將哥哥留下，不送去臺灣，因爲照她的估計，臺灣不出六個月就會解放，話雖如此，但那時已跟父親離婚的她，心想總得保有個兒子在身邊較妥當的緣故吧。

哥哥那時已加入少年先鋒隊，是一位光榮的、前進的隊員，那天晚上他鄭重地對我說：

「臺灣現在都是些反動派落伍分子，你一定要小心提高警覺，千萬不能受騙！」

「我該怎麼辦？跟你一起留在祖國，不去臺灣反動派那裡，該多好！」我羨慕地望著他說。

「其實只要你不變節，你去那邊也沒關係。雖然你不是少年先鋒隊隊員，到了反動地區，一樣可以替祖國工作，爲人民出力，貢獻自己的。」

我雖不確切了解什麼是「變節」，但總覺得那是反動派做的不應該做的事。於是我問他：

「那我該怎麼出力，我要做什麼呢？」

半晌，哥哥仍然很正經地，但聲音壓低了些說：

「可以做地下工作……譬如送信！」

「我送信？送給誰？送什麼信？送到哪裡？」

我心中雖有一大堆疑問，但都不敢說出來，只是故作會意地「哦——」了一聲。那時對這位僅大我兩歲的哥哥的那套「革命學問」實在欽佩不已。

記得那是一艘看來很舊的鐵殼船，好不容易挨得下了船，終於看見基隆碼頭。畢竟是小孩子，雖在天昏地暗的統艙裡，歷經長時的昏睡和連續嘔吐，身心疲累已極，但從船艙一步出甲板，頓時便恢復了清爽，又似乎可以鮮蹦活跳了。尤其發現那立在碼頭邊的父親，他的嘴一直笑得沒有合攏，更加深了我的歡欣與驚喜。

「共產黨殺不殺人哪？」

乘坐在一輛從碼頭到旅館的三輪車上，父親的第一句話竟然如此地敏感性和政治性，倒是沒有想到的。

「國民黨才殺人咧！」我當時幾乎是不加思索地就頂了過去。

心想哥哥說得眞對，臺灣都是落伍分子反動派，包括我們自己的父親。現在我居然剛一到達臺灣的土地就敢大義凜然，替共產黨「出了一口氣」，心想這應該也算是「爲祖國工作」的開始了，而非常得意起來。

當我隔了一個星期，插進景美國民小學就讀，次晨參加升旗典禮的時候，更增強了我不「變節」的決心。

因為抬頭看到的那面「反動派國旗」，褪色褪得泛白，邊上還有破損，比起那鮮麗的五星旗實在「遜」多了。

唱國歌的時候，也想起那邊級任老師說過：

「解放前唱的那個反動派國歌，說有多難聽就有多難聽，唱起來有氣無力，直叫人昏昏欲睡！現在呢，你們聽，起來！不願做奴隸的人們！多雄壯，多有勁，多麼充滿新希望！」

又記得那陣子才在熱鬧滾滾的各式活動聚會中高喊著「解放臺灣」、「抗美援朝」的口號，卻又來到這邊看到學生去迎接韓戰中的「反共義士」，喊的口號是「反攻大陸，解救大陸同胞」，對於一個小學生而言，這樣複雜的「兩岸情結」是無論如何也解不開的了。

一九五〇年前後的臺灣時局，可說是變幻莫測，岌岌可危而又人心惶惶的。想那時，雖在極粗劣的物質環境中，在學校讀書的我們，不知怎地，卻絲毫未受到政治時局動盪不安的感染。

大家每天吃的便當質與量都不佳，但都照樣與沖沖地跳橡皮筋、玩小沙袋，放了學到處去找桑樹採桑葉。

從那時我根本不知什麼國家大事了，每天放學一回來就忙著餵蠶，看蠶長大，又忙著出去找桑樹，採桑葉。日子過得就像看著那蠶吃桑葉一樣，飛快而平靜，平靜又飛快。早把什麼國旗國歌的差異以及哥哥臨別的叮嚀，全都忘得精光了。

如今從容地回想起來，我哥哥當年的「託付」，我現在倒是眞的做到了。

大學畢業以後的二十多年來，我所做過的各種工作，都和資訊傳播有關，卽使現今已是專業主婦，但仍以自由寫作與翻譯爲副業，寫文章投稿與發表，不都是一種傳遞訊息的，哥哥所謂的「送信」的工作嗎？最重要的是我的工作，是在「祖國」，在這個比較小一點的「小祖國」。

至於曾經熱愛那「大祖國」的哥哥自己，現在並沒有在祖國「爲祖國工作」，卻是在「爲外國出力」。

四十多歲以後他已攜家帶眷從大陸移民了加拿大。他的理由很簡單：「在外國雖說做一個工人，我能享受比在中國大陸做一個部長，更高的生活水平！」

一九四九「派告」距今已四十四年，目前我們五兄妹四分五裂，散居「大祖國」、「小祖國」和加拿大各自討生活。白居易有詩云：

時難年荒世業空，弟兄羈旅各西東……弔影分為千里雁，辭根散作九秋蓬。

良有以也！

而那幾百年前的古人也眞厲害，我們現在的人種種的遭遇和感慨，樣樣都早就被他們預先看透了似的。

八十二年三月四日「自立晚報」

炎熱時光

喜歡扇子，不必要有什麼由來。但抱定要去找原因，不只找得出，而且愈找還愈多。

首先想起的是沈太太。

她丈夫是外交部的高官使節，大半輩子是追隨他長年在海外各地生活。直到丈夫因病過世才獨自定居下來。在臺北當時《英文中國郵報》的社長余夢燕是她在北平燕京大學的學妹。推不過余社長的懇邀，便充當了一陣子社長的行政助理，說來這已是二十多年前的事了。

而我當年僅僅以一封寫得差強人意的英文自薦信，竟也得以進入《郵報》工作，想來實得助於沈太太在社長面前的說項。

她自己既出身富家名門，婚後又與外交使節的丈夫活躍出入於海內外，這輩子應算是多彩多姿沒有虛度的了。然而幾次聽她談起一生事蹟，當時的我恍然大悟，所謂外交官夫人生涯，實非一般外人想像的那麼燦爛美好。

譬如越南獨立革命那段時期，沈氏夫婦和許多別國的使節人員及家眷，都受到當地政府長期軟禁，就可說是一段可歌可泣的辛酸史了。

「有些人在盆栽裡種薔薇，心想等它開花兒的時候，該可以釋放了吧，但花兒開了，還不能釋放。於是又種番茄，心想番茄紅熟的時候，總走得成了吧，但番茄熟了，還是走不成……」

那年我剛進《郵報》時正值初夏。她的座位就在我對面。一大早只見沈太太進到辦公室，一口茶還沒到嘴，電話鈴就響起了。總不外是洋人抱怨沒收到報紙，或送報紙的把它丟進了水溝裡，泡濕了，該怎麼辦，或是小廣告上漏登或錯登了什麼的。

這時候就得靠沈太太施展幾句婉轉的外交詞令來擋駕和擺平了。當然對於社長來說，沈太太對報社的貢獻，何止這些雞毛蒜皮小事兒？

五、六十歲的人稍一走動，不免有點汗熱起來。辦公室的冷氣機剛啓動不久，屋裡還沒涼透，她順手打開自己的手提包，掏出一把摺扇。

那是一把很普通的扇子，在她的手中那麼徐緩有致地輕搖著，腕臂上那只大手環也頻頻晃盪，那倒不是普通的手環，而是極名貴的琥珀色的血玉環，它不時輕輕扣在玻璃桌面上，發出很清脆的響音。

更好聽的是她說話的聲調。尤其當她提及丈夫的種種，他們夫妻間那種情深意遠、溫柔無限，都在她娓娓地逑說裡展現無遺。

「在越南受囚禁時期，還有對年輕夫妻生了小孩兒，生下了，滿月了，心想等到這孩子開始長牙的時候，總該被放出去重獲自由了吧。就這麼等啊等，什麼時候才能重見天日啊，每天每天就是等，除了等還是等……」

「您的那把扇子好香，沈太太！」

我那時很想說些很有深度的話，比如什麼「等待是第二種永恆」之類的自己也不太懂的哲理。但終於沒說，卻突然扭轉到這個輕鬆的話題去了。

她的反應很敏捷，她回答說：

「那裡，這根本一點香味兒也沒有，這又不是檀香木扇。」

我不信。因此特地離座走過去在她扇面上用力嗅著，奇怪，眞的一點香味兒也沒有。

那一定是她身體上或衣服上的香氣了。但我不想再打探下去，搞不好她的回答是：

「那兒有？自從沈先生過去以後，我就沒擦過一滴香水了。」

是那把扇子又讓她想起從前：

「記得我們在國外最艱苦的時候，躲在自家的小宿舍升爐子煮稀飯。別國的朋友問起來，我們總回答說是吃不慣他們外國的東西。其實呢，我才愛吃西餐哪，瞧那飯後甜點，那氣氛什麼的……」

接下去她望著扇子和自己的手：

「那時天氣一熱，看見別人家裡買了電風扇。我覺得那是一種奢侈品，那不應該是屬於我的東西！」

雖是南方人，但她少女時代就在北平唸書。京片子裡少了油腔滑調，只有它明快端莊的語氣，這就是南方人說北平話好聽的緣故。

「那不應該是屬於我的東西」，若換成我們平素人說的「我們窮得根本買不起」，那氣質格調就全變了。

至於她那把分明不是檀香木做的扇子，為什麼揮動起來會從遠處聞到香氣呢？至今仍屬一個謎。

以前在電影裡，每當看見古羅馬的奴僕替主子在打扇，頓覺主奴之間並非是敵對的，而是相依為命的。日本名導演小津安二郎的影片，總有不少是女性替男性徐徐打扇的鏡頭，也從不使人聯想到男尊女卑的問題，只讓人感到兩造之間的厲氣全消，只有心甘情願！

扇子是人間謙遜溫柔的化身，它能散發出一種體察人意的微涼。

我的祖母也有一把又老又舊的蒲扇。夏夜，屋裡屋外，扇子有驅趕蚊子和扇涼的雙重效用。

祖母有一回在滿天星斗的小院子裡談起了故鄉，我們幾個圍繞而坐，那時還年少，她說的內容我似懂非懂，光是聞到她揮扇起落之間，飄過來一蓬接一蓬的氣味，除了舊蒲扇中的汗垢氣味，還夾著淡淡的桂花香。

但我分明記得那時家中的小庭院，光禿禿的，並沒有種什麼桂花樹之類的。她的舊蒲扇，在我的印象裡，在她的手中揮動的時候，似乎已變成她身體的一部分。那扇子與她長年相守相依，當她想起故鄉的桂花，善解人意的老蒲扇就會將祖母心中的香氣，扇出給周圍的人吧。

在沒有冷氣，連電扇都被沈太太稱爲奢侈品的年代，大自然似乎也較仁慈。初初入夏的那陣子一點也不覺得熱，只是大清早揹著書包走在馬路上，有種輕快感，是一種莫名的開心，透過樹隙的陽光也看得比往昔明亮了一些。

近午時刻，老師背向學生在黑板寫字，我側首便看見教室窗口外操場的沙子，被曬得好刺目。然後，外邊高樹蔭裡傳來一聲長長的蟲鳴，心中便開始緊鑼密鼓地興奮，但也不知興奮的是什麼。

在炎熱時光的到來之前，就像什麼節慶的即將來臨，敏銳的少年們的心中已在殷殷地期待了吧。

吃畢午餐，同學們趴著頭在桌上午睡。有人還將醒未醒，這時候就有校外的什麼人送來一大疊花紙扇。當紅女明星們的臉孔下面，印著醬油、肥皂、痱子粉、白花油等等東西的廣告。

人手一把，同學們都紛紛先要來，試一試新扇新涼的效果了。大夥這麼又搖又扇，整個教室原也不熱，卻撩扇起一屋子的夏天熱烘烘的鬧意來了。

扇子表面糊得很平整，只可惜大明星的鼻樑不幸因扇面突起的竹骨節而扯歪了一點。而少年時所期待的目標是不明確的，沒著沒落的，就像當年印刷技術的套色不理想。扇面上女明星的紫紅唇膏，總也套不準原始的唇形。

但現在再也找不到那種套色不準卻別有風味的花紙扇了。複製的，印刷精良的名畫，很容易買得到，價廉物美。

於是，今年夏天我看見了這樣一幅畫：

庭院樹蔭下是兩把無人的藤椅。中間夾一張輕便桌。四周是花卉草木，園中兩條小徑交接處設有水龍頭，下面閒置著澆花用大水罐。水龍頭微微地在洩水，顯然是沒有扭緊。

雖然桌上有眼鏡和一本書，沒有扇子，我仍然買下了它，只因它的標題太好，叫做「炎熱時光」（Les heures chaudes）。

八十二年九月十四日「中華日報」

姊妹

> 這一、兩年來喜歡上了烈酒，喝得不多，只愛淺酌，真是樂在其中。我們最近在底樓做了一個酒吧檯，存了一些陳年酒。就看你什麼時候有這個福氣來舉杯對飲……哦，或許你又要說什麼已經戒酒多年，那咱就沒戲可唱了！

張靜再一次地展讀著這封信。心想，學會品酒或許不是一件壞事，至少使雅愛藝術的三妹，寫起信來不再帶有那種酸澀的文藝腔，而愈見其「醇」了起來。

人說姊妹之中排行第三的命最好，至今看來也確乎如此。然而，這三妹和她那搞建築結構設計的香港僑生丈夫，是在臺灣結的婚，生了孩子才七個月就出去闖天下，移民加拿大。夫妻雙雙在北美洲二十多年赤手打拼下來，個中的辛酸苦楚，想必再也不是幾句淺薄的文藝詞兒能說盡的了。

「加拿大除了住家好外，眞是死氣沈沈，毫無起色；大家一點進步都沒有！」

若不是在國外的長期生活的歷練和反覆詠味，怕也說不出這種非炫耀性低姿態的感慨之語了，張靜心想。

數年之前，自從在他們那寬綽的屋院築好了小型的游泳池，每到夏季，三妹就三番兩次地寫信和電話來催張靜：

「我知道你最喜歡游泳，我還可以在池畔烤蝦給你吃。快快去買張飛機票來吧，不能再等啦，再等下去，大家都要老得走不動啦！」

每當接獲三妹這樣的訊息，張靜總恨不得回答說：「那就等到大家都老得走不動的時候再說吧！」

兩年前，緣起於「中老年以上應有例行性運動」的警示，她報名去參加了離住家不遠YMCA的游泳班。

在女更衣室裡，張靜望見各形各色的女人，擠在裡面坦蕩蕩脫衣，換褲光身沖洗，迅捷飛快地擦拭。聽見其他場合不易聽到的私語、對話和黃腔，除了有點侷促不安，她覺得這一切實比看天體大會或春宮更爲「驚豔」。但是游泳班的主戲，畢竟是泡在泳池裡游過來游過去，覺得愈來愈興味索然，她去游了七、八次之後，終於決定要跟游泳說拜拜。

並不是因爲小時候喜歡玩水，張靜才去學會游泳的。她是那些夏天，天天都到附近新店溪去洗澡，順便洗衣服其次再順便也學會了游水的。戲水時的悠哉游哉，那起伏的海濤，四濺的浪花，或者看見旱鴨子嗆到水，眼淚和海水同味，笑聲和鼻涕齊飛等等，從不構成她去游泳的誘因。

又恨不得老實回絕三妹：

「我從來就不喜歡什麼游泳，你自己才喜歡玩水。但是，你知不知道你四、五歲的時候，差一點就被阿公丟進新店溪裡去玩水，然後玩到太平洋去餵魚了？」

那是五○年代初的事了。隨著當年兩岸的離異，她們的父母也已告仳離。除了長兄被母親留在長沙，四個姊妹跟著祖父母輾轉經由香港來到臺灣，投奔正陷於絕苦之境的父親。那幾年一家老小擠在燥熱又濕熌的泥屋子裡，一身都是病痛的祖父阿公，對小孩子們的哭鬧聲尤其受不了。

傍晚時分，三妹和最小的毛妹又吵鬧起來，阿公非常生氣，隨即就把三妹拖出來，說要把她牽到河邊去甩掉。

三妹眞的被阿公帶出去了。隔了一會，屋子裡倒是淸靜了下來。那時剛進初中的張靜想跑出去河邊看個究竟，但不知怎地，終於沒敢跟前去。

對於她，那一直是個印象深刻的黃昏。但她也一直納悶；記得阿公的樣子氣急敗壞，用憤怒顫動的聲音說要帶三妹去河邊丟掉，

「淹死一個算一個！」

阿公說著便抓起她的手向屋外拉；但當時已經五歲的三妹爲什麼一點也不知道反抗；只乖乖地跟著聲言要致她於死地的阿公走？

而且，家裡其他的分子（當時父親不在場），也沒有一個人眼睜睜地看到這件可能卽將發生的「慘劇」，而吭一聲氣？

難道陷於窮愁困厄的生活之中的大人和小孩，全都變得癡呆痲木了嗎？事隔多年，張靜自己暗暗地沈思起來。

雖然她後來也了解；氣憤是眞的，把三妹帶去河邊丟掉是假的。但阿公那次的「演出」很是逼眞，再聰明的孩子也絕不會看得出那只是爲了嚇阻在做戲而已。

張靜那時候卻聽見一個毛骨悚然的聲音，從什麼地方發出來：

「淹死也好，反正又不是我！」

事實上，還有一段典故。在此事之前。

那是長沙的冬天的一個很冷的午後，是她們家到臺灣來的前一兩年吧。三個學齡前的小

女孩，由一個大一點的失學女孩帶領著，從屋子的大門口跑進房間裡，那裡有一盆半熄的炭火，大女孩拿起火箝在灰白的炭塊上撥了又撥，卻幾乎看不見什麼紅焰，小女孩們紛紛伸出來的凍紅的小手，總也暖和不起來了。大女孩終於又把大夥兒帶去大門口，在那兒站著，鼻涕拖得太長的人用手背去抹。她們伸出頭向四面張望著，卻只覺得有冷風朝她們細小的頸脖子裡鑽進去，於是一夥人又不約而同向屋裡面跑。

除了冷，大女孩心中想的都是吃，以及用什麼辦法去弄到吃的。但長時以來的經驗告訴她，不論怎麼想吃，每天也只有那從三頓減爲兩頓的飯食，而且在每頓之前，少不了要忍耐一段苦差；那就是必須要將一把一把的生米選去稗子。

她開始妒羨這些妹妹了，至少都可免去這種苦差事，因爲她們都還小。

不知從哪裡撿來的一截鐵絲，她就用它在炭盆的灰燼裡揷進揷出，希望能意外地揷到煨在灰裡的一個紅薯什麼的。她甚至想著：那些燒了一半的炭塊搞不好就是沒煨熟的硬紅薯，上面蓋著一層白炭灰，於是用力地去戳它。

然而不論怎麼用力戳，要讓木炭變成紅薯，畢竟是要令人非常失望的。而她也確實是快樂不起來的。

哥哥上學去了，她自己從這學期就沒法去。阿公說得有道理；共產黨造了反，這陣子是從鄉裡逃到長沙來避難的。兒子在老遠的臺灣，媳婦沒心思再管這個家了，因為夫妻兩人，竟在國難當頭這個節骨眼上鬧婚變！現在一天吃兩頓都有問題，還去上什麼學？哥哥不給上學是不行的，因為他是男孩。

一想起學校，突然才想到有個高個兒同學說，用火箝可以自己燙頭髮。於是心生一計，她挑中了公認為全家最好看的二妹，抓起她前額邊上的一綹頭髮，另一手握著那根鐵絲，再將二妹的頭髮纏繞在上面，放著停了一停，才把鐵絲從髮綣中抽出來，仔細一看，果然二妹的頭髮捲曲了起來，但是固定著動也不動，她用手去彈，那一綹綣曲的頭髮便稀哩嘩啦地全部斷了，落得一地。不管這些，決心要做第二次試驗。失敗了，再來一次，直到二妹終於被那難忍的頭髮燒焦臭味，燻跑了為止。

二妹跑了，她心有未甘，就想拿三妹的頭來做試驗。不過這三妹的頭髮太少又太短，而且長得像個男生，一點也不好看，卻又愛哭。一哭，鼻涕就跟著流個不止，鼻子下那一片從來就沒見乾淨過。

三妹背對著她，從上面她看到髮根和衣領之間露出的一截白後頸，於是放著膽子將那燙過二妹頭髮的鐵絲，輕輕地在那肉上烙了一下。號啕大叫不止的三妹，本能地奔逃而出，但並不知道天底下發生了什麼。

此後，從長沙到香港到基隆到臺北，仍然沒有發生什麼，除了那罪行的「證據」從半寸左右的焦黑，到起了泡，潰爛，終於收疤了，結成一道弦月形狀的紅痕。

淹死也好。否則那「罪行」是永遠消滅不了的了！

張靜夢見自己終於飛到了多倫多。好端端地坐在那新髹漆過的酒吧檯邊，很小心地，字斟句酌地訴說完了這段陳年往事。她一抬起頭，便看見三妹背對著她，撩起了頸後的長髮赫然是紅腫潰爛了的一大塊！但三妹又突然回過頭，漠然地笑著說：

「眞有這麼些事嗎？我怎麼連半點印象都沒有！」

「這些小孩子時代的陳芝麻、爛綠豆小事，還提它幹嘛，來來，再來點兒 cognac，怎麼樣，這可是上好的陳年貨！」

三妹接著說這些話的時候，張靜顯然已經醒來一半了。

八十一年十二月二十五日「中央日報」

偉大的掌摑

無論在怎麼惡劣的環境，怎麼不利的條件之下，一種持續生命的心願，非活下去不可的威逼，會形成一股沛然浩大的力量。那股力量卻總是藉著他人的手掌，摑在自己的臉頰，熱辣辣地。那一巴掌的意義，已遠在欺凌或羞辱之上。

日本電影中有許多對白，使我感覺掩飾心跡的用意，似乎多於表達心意。一般日本人說話，男性總嫌太直截粗魯，女性又失之囉嗦虛浮。對白進行之際，只覺耳邊一陣喧嘩，徒然作態造勢而已，心意的展現往往是在對白之後。

所以我以爲在一部日本經典電影「赤裸之島」中，完全沒有一句對白倒也不錯。它褪盡了語言的飾衣，只有人與事的原象「赤裸」地呈露於觀眾的眼前。一切的動作及變化在沈默中進行，不但足足涵蓋了對白能涵蓋的東西，而且，更使語言底下的眞面貌純淨地浮現。

她撐篙搖槳，是爲了要送兒子去海對面的學校去念書，回程時順道還得在就近的水源，爭取兩桶清水，挑至船邊，放下扁擔後，將沈甸的兩桶水抬進船內。於是她獨自撐著篙，載著彌足珍貴的清水，駛回居家的離島，已變成這女子每日必修的課業。

沈重的課業這時才算進行到一半。船靠了岸，她先跳下船去牽住纜繩，將船固定，再把清水從船內抬出。兩個水桶一前一後，以她年輕卻嬌弱的腰桿挑負而起。接著，觀眾們望著她攀行在崎嶇險阻的坡道上，一步接一步每一步都不輕鬆。心軟一點的觀眾看得眞是要「步步驚魂」起來的。

或許是想到在送兒子船行途中，海面晨風陣陣，母子二人默默對視的幸福；或許是突然生出了對自己兒子前程某種期許的意念；又或許只是一時失神不小心踏到一粒滑石。總之，她腰脊骨一軟，前後兩頭便失去平衡，背後的那只水桶已潑翻了，清溜溜的水，嘩啦啦地流淌得滿路。慌忙中她只顧去護住那差一點也傾翻的另一個桶子，終不至於讓這得來不易的那一擔水都泡進了土，前功盡棄。

當做爲觀眾的我眼巴巴地望著那些由一個弱女子從迢遙的海對岸背負而來的水，像大堆閃亮亮的碎銀子，急汹汹地竄進了石縫，被紛紛張開的泥口貪婪地吞噬，眞恨不得有一位好心的仙女突然從影片中出現，魔棒輕輕一揮，所有四面散走流失了的水立刻總動員重新歸隊，往泥凹裡，從石縫中倒流而上，然後從桶底一股一股地湧起，一眨眼功夫，又還原成爲滿滿的一桶清水。

電影不過是想像的眞實經驗。然人們生活中的眞實遭遇，根本是不容以想像來自慰和自娛的。在坡地不遠處犁土澆菜的她的丈夫，這時候才聞聲趕來，眼見好好的一大桶清水只因一時不愼而被糟蹋掉了，他咬緊嘴唇，面部的肌筋收縮起來，氣急敗壞地舉步趨前，順勢猛不防便朝女人的臉頰重重摔了個巴掌。觀眾們在靜天寂地裡，只聽得一聲爆響。

看到丈夫掌摑了妻子，很容易產生許多歧義。女性主義者勢必會說，那一巴掌是男權至上的伸張，是女性遭到男權社會無情壓迫及監控的寫照和印證。只要是男的打了女的，不論怎麼地向女性主義者解說，若不說男人錯，必然成了狡辯。那現在我就專挑男的打男的的故事來說吧。

我先生幼年喪母，他父親續弦後，後母所生的孩子們加在一起，兄弟姊妹總共十三人。在五、六〇年代的臺灣要維持一個食指浩繁的家庭的生活，除了做家長的要整日奔波打拼，家庭中的每一個大小成員也都非得胼手胝足，兢兢業業不可。

他父親做的生意是承包銷售果農的柑橘，以現在的話來說，便是農品運銷業吧。然當時的一切工作沒有機器代勞，全都靠人手，因此十三名子女理所當然地變成無酬的柑橘分類、篩檢、整理和包裝工人。

大忙的日子，凡白天出外上班工作的，或者上學讀書的，晚上一律強迫參加工作行列。

父親有事在外，長子便是工頭，負責督導一家的工作。我先生是老三。有一日夜晚，因第二天一早要趕出貨，晚飯後不久，老大開始召集弟妹分配工作。剛運到的一簍簍未經整理分類的橘子，排列在大門口，必須要找力氣較大一點的「男生」去搬進來。於是老大便去叫那時就讀新竹中學高二的老三。

老三從房間裡應聲而出，卻對他大哥說：

「阿兄，我現在要趕功課，書還沒看完，明天要月考……」

「月考？什麼？你沒看大家攏莫盈個滅死……」

老實的老三聽不出老大語氣中的要脅和火藥味。他還睜著大眼睛，猛點頭說：

「丟啊，滅考，滅考試呀！」

「考試！考你個大頭鬼！」

不由分說，老大就伸出手掌，摔了個耳光過去，看這楞小子服貼不服貼。

老三終於不發一語，乖乖地去幫忙搬柑橘簍子了。

這位老三後來變成我的先生後，關於這檔子事到底一共說了幾遍我記不清楚。但當他跟今年考上大學的兒子訓話，又要「挿播」這一則難忘的「一巴掌」，我兒子連忙制止說：

「老爸，這一巴掌我已經聽你說過兩百遍了。」

兒子的意思是說他二十歲，每年至少聽過十遍。而且我敢打賭，他至今還搞不懂，一件大哥打弟弟，「大欺小」的糗事，爲什麼値得重複說個兩百遍。

大哥打弟弟或許眞的是大欺小，那麼再聽聽下面這個朋友打朋友的故事吧。

我父親中年與母親不和而離異。不久便糊裡糊塗自動除退了將級的軍職，走入商場江湖，與人入夥做生意。資金是從一位多年舊識梁將軍借貸而來。聽說爲了籌錢給父親當做生意本，梁夫人甚至典當了她一部分貴重的首飾。

父親出身軍校軍旅，雖亦稍識將本求利，商場如戰場等淺近的道理，但畢竟分辨不出出沒混跡於商場人物面貌的眞假，手腕的高下。是故兩年不到就弄得灰頭土臉，老本蝕光之外，還背了一身債務鋃鐺入獄。

父親繫獄期間雖不長，但我們一家七口初抵臺灣，老的老，小的小。那時若非梁將軍的夫人三不五時地接濟，恐怕連每日兩餐都無以爲繼了。

父親出獄的那天，祖母和堂姐她們不知從那兒設法張羅了一桌酒菜，梁將軍本人也首次光臨我們那個至爲簡陋的家。席間也一直是梁在說話，神情非常激憤，似乎一直在責備父親做事的糊塗。父親與他面對面坐著，只是靦覥地似笑非笑，紅著臉，酒的原因少，羞愧的原因多。

席罷，梁當著父親七十幾歲的雙親，和三、四個稚齡兒女的面前，重狠狠地在父親的臉上摑了一記，然後轉身離席，揚長而去。

現已移民加拿大八十三歲的父親，在去國前夕憶及當年那段辛酸不已的日子，他說，那次剛從監獄走出來，想到自己事業與婚姻「兩敗塗地」。當年臺灣海峽風雲詭譎，晦暗莫明，國事與家事皆屬前景茫茫。而最堪憂的事莫過於，眼前這一家七、八口的生活盤纏從何而來？

那時候，父親眞的想不如留書自殺，一死百了。缺少的只是採取行動的勇氣而已。

而梁的那一記掌摑，倒是將父親打醒了。

「我爲什麼不用自殺的勇氣活下去呢？」

父親說。

靜默中，我似乎又聽到那一記掌摑的厲響。

八十二年九月八日「中央日報」

鄉愁停格

「我很喜歡美國，它誘惑我，吸引我，在那裡似乎什麼都訂做好了，像景致完美的場景、燈光、擺設都是特別訂製妥貼，許多靈感開始湧入我的腦中，我告訴我的製片，他們都非常興奮。但我發現要馬上體會一個新環境的新見聞和新事物，立即表現成爲藝術作品是不可能的……所以我就像個脆弱神經質的小村姑，在美國只呆了四個禮拜，我就說我想回家，我已經忘了怎麼當導演，再也不知道如何拍電影了。」

美國是電影工業的天堂，做爲一名導演，誰不想能在那裡開天闢土，大展身手以至於登峰造極？然而，對那位不久之前才過世的義大利導演費里尼而言，不知怎地，離開了義大利的家鄉，就變成了一條不知如何游泳的魚。

鄉愁的沈重，帶給費里尼他事業前程上的阻礙；鄉愁濃得化不開，也是他早期幾部影片如「流浪漢」和「大路」中最迷人的特色，最感人的主題。

在許多偉大的藝術作品中，鄉愁不僅是重要的素材，而且是整幅作品的底色，甚至有時候，是陰魂不散的附身的魔咒。

而鄉愁卻是那麼神秘難測，來去無踪，無奈又傷感。對於「大路」這部影片，最初是怎麼構想出來的，費里尼摸了摸腦袋，只說：

「我似乎還模糊的記得像平常兜風一樣，開車經過羅馬城郊的田野，也許那是我第一次捕捉到該片中人物感情和氣氛的時刻吧。」

馬克夏卡爾一幅非常鄉愁的畫作：「維臺普斯克上方的裸者」。

記得有一天下午在國父紀念館看夏卡爾畫展的時候，遇見了我年輕時的老友周夢蝶。舊識重逢，我們便在這幅畫的前面停下來。周先生說：

「我就是特別喜歡這一幅，它很溫暖……」

維臺普斯克是俄羅斯的一座小小村鎮吧。夏卡爾就在那裡出生並度過他的童年。這幅中型油畫，凌空斜斜的橫陳裸女的背影，下襯單褥。女體柔潤的曲線以及她足畔的一束紅花，當然是會讓觀者的視覺溫暖的。但那只不過是一種單調無味的溫暖，如果這幅畫沒有裸女「下方」的東歐風的古老小鎮。

教堂、樹叢、古式鐘樓櫛比錯落的街道，只見三三兩兩的牧人和牛羊。小村鎮的風景是荒疏、古舊、遙遠的，卻總像有不能言傳的什麼，流連在似曾熟悉的街口，縈繞在無人跡的木樓臺階，在遠方的那一片樹蔭裡低徊……觀者心中深處的什麼被喚醒，落實到那「上方」裸女的身影時，整個心就開始融融的和暖了。

於是，周夢蝶從他的隨身行囊內，取出紙和筆，只爲記下這幅畫的標題「維臺普斯克上方的裸者」。他打算爲它寫一首詩。

人寫詩，因爲人是鄉愁的動物。

夏卡爾大部分的畫作裡，都有著東歐的中世紀似的宗教氣息，這又使我想起了費里尼。《費里尼對話錄》中有這麼一段：

> 東歐像是我祖母住的甘貝托拉小鄉村。俄羅斯式的親吻，未打招呼前就先來牽你的手，都會使我覺得回到在我祖母家節慶的日子，有那甜點的香味，那種鄉間的宗教氣氛，四周的那些人、植物、樹、房屋的氣味，天空的雲彩，大地的變化，假期的屆臨，種種儀式的重複……這些美好的事物正如你所想的，真的是那麼美好……

夏卡爾那位大畫家，和費里尼這位大導演，他們兩個人的鄉愁，都似乎不約而同的縈繞在那些古風盎然的東歐中世紀味的小城鎮。

而此刻我們故友相逢，周夢蝶和我的鄉愁，似乎也不約而同的落在二、三十年前，飄著剛出爐麵包香的臺北武昌街上了。

我望著周夢蝶，我也分明望見了自己的鄉愁，正「停格」在他的眼眸中間。他那足堪盈握的細瘦的肩頭，掛下來那件滾布釦的深青長衫的形象，變得忽遠忽近，驀然驚見自己是站立在久遠的灰濛濛的從前，正要向未來的世界飛奔，我的呼吸愈顯急促了。

十八、九歲是寫詩的年紀。我也像很多人一樣，那時候寫著一些自己也不甚知其所云的所謂的「現代詩」。當年，大家生活的步調閒散，總不免覺得寂寞難遣，耐不住的時候，最方便找到的談詩兼談心的對象，當然就是在武昌街「明星」店門前擺書攤的周夢蝶先生了。

在一疊又一疊以「現代詩」册子「掛羊頭」的舊書堆裡，兩人當街並坐，雄視八方。語不驚人死不休，我拼死也要掏空腦袋和心肺，務使自鳴得意的最尖銳的最前衛的話題傾囊而出。我不時誇張的手舞足蹈，並發出陣陣爆笑，好一個臺北六〇年代新潮派的典型！街邊的行人沒有不對此幅突兀奇異的「畫面」感到詫異的。有些甚至望得目瞪口呆，不知所措，乾脆站在我們的前面不走了。在大街上製造出這樣的「效果」，心中小小的不安，已被大大的得意遮掩了。

當年，我不過是一個看來狂傲而其實是極愚昧的少女，那時候大家都談了些什麼，已不再算什麼了。那時我們談話，雙方的注意力，似乎是在彼此的眼眸，彼此都不停的向深處搜索、挖掘。好像在比誰挖得更深、更鋒利，看看到底是誰先垂目投降。其實到了最後，雙方都覺得很無趣很乏。

這麼些年來，隔著一陣子總會在什麼地方，匆匆的瞥見周夢蝶的影子那般削薄的身影。而最近在畫展會場上相見到，可說是相隔得最久，感覺也最「溫馨」的一次了。

當我們四目相遇，眼眸中已全然沒有當年互相有如利刃一般相交的鋒芒。兩造的柔和的怯怯的視線，僅在那聚合的焦點的地方，就「停格」下來。我從從容容的開始觀賞對方，像觀賞夏卡爾的畫，逐幅逐幅地……

周夢蝶當年的書攤，是設在做麵包的明星店門前。現在臺北的麵包坊，門面或許愈來愈西化，愈高級，但出爐時逸出的香味，總也不如明星的那麼「正統」。

飄散在街角的剛出爐的麵包香，愈遠聞愈有著一種莫名的彷彿是近鄉情怯之感，臨近再一嗅到卻變得膩人了。節日、歡聚、盛宴的美好在於那即將來臨，愈顯迫近的期待之情。來臨的時間隔得愈遠，期待之情也愈殷切。

當我們一旦終於走進了歡宴的中心，一切反而變得空虛無聊起來。

鄉愁的永恆的魅力在於，你永遠走不進鄉愁的中心。當一個人患了鄉愁病，那是無法以探親返鄉等「再確認」的方式，去醫治去撫平的。它只能在藝術作品裡暫時「停格」。

八十三年元月十二日「中華日報」

偉大的契機

籌畫要拍攝一部暴露戰爭殘酷的影片的某導演，特地去找到了一位小火車站的站長來現身說法。

只因當年納粹時期那個小火車站正是通往奧斯威辛集中營的必經之站，而這名站長，就是親眼看著一列列載滿猶太人的車廂，往返那絕慘的殺戮現場的人。

當這位火車站站長娓娓敍述著所見所聞，電影導演才恍然發現，雖眼睜睜地看過成千上萬的猶太人被慘殺，這位見證人其實對於法西斯暴行這一樁歷史上的大事件，壓根兒無動於衷！

唯一讓他牢記而難過的是，當時和他相依爲命的弟弟，因消毒車廂而死於非命。

足見絕大多數的個人，除非出乎關係著自身的某些契機，否則，對於過去發生過的大事蹟的回顧與關懷，都是與趣缺缺的。

前陣子臺灣社會還熱烈議論著的一九四七年所發生的二二八事件，到底是熱不了太久，近日坊間書店關於二二八事件的書籍早已不搶手了。

更何況一九四六年那些從南洋回歸臺灣的軍伕們的遭遇，至今到底還有幾個人在關心呢？

昭和二十一年四月二十五日船艦終於抵達了基隆，壓抑著滿心的喜悅，想不到自己竟能生還重歸故土。他們正欲登岸上陸之際，卻有一批國民政府的士兵們，迎上前來，把他們圍住，用槍械脅迫他們每個脫掉上衣和長褲。對方的這種無禮要求惹得他們怒火中燒，恨不能奮起而抗命。只因想到倘若真的抗命，最後怕弄得連家都歸不了了。只有默默地承受著強迫脫衣脫褲的侮辱，個個身上只剩一條短內褲，在刀槍的追逐下落荒而逃。

以上是一九四六年終戰直後，臺灣一批原住民軍伕，以戰勝國國民和戰敗的日本協力軍伕的雙重身分，從南洋的布根維爾島搭船遣回臺灣，卻在基隆登岸時受到國民政府的軍隊羞辱。

昭和二十年四月一日從高雄出港的那天，天候惡劣異常，烏雲蔽天，使白晝看來有如夜晚，急雨如矢箭，猛厲地拍擊著刺射著海面。每個人從裡到外都被雨水淋得透濕透濕。母親用盡了心思做的糖球，都在口袋裡被雨水溶化掉了。

終戰前夕的一九四五年，這位才十四歲的臺灣少年，要被派到日本神奈川海軍工廠做見習工，從高雄港起程了。

事過三十年的一九七四年年底，在南太平洋的一座荒島上被人發現了一個奇蹟。臺灣原住民的日本軍伕中村輝夫，失蹤於日本太平洋戰事中，幸賴山地民族強韌的生存本能，在蠻林野穴度過三十年歲月，終能喜獲生還。

中村輝夫事件過了不久，一個叫做加藤邦彥（一九七八年七月九日加藤邦彥來臺蒐集有關臺灣軍伕資料之行，於次日的《聯合報》上曾有巨幅的專訪報導）的在臺灣出生的日本人，就寫出了一部可說是日據時代臺灣軍伕們的辛酸血淚史。本文前面所引述的兩段卽出自該書。

書名是《一視同仁的最後下場》，他爲的是要將日本軍國主義在殖民臺灣地區所行使的皇民化政策下，犯下的種種逆行劣蹟詳盡據實紀錄，作一次歷史的總結帳。

他說：

「目前就我所知還沒有人做，不乘這個契機早些去做出來，恐怕永遠再也沒有人做了。」

然而加藤先生寫這部書的眞正「契機」，恐怕不是他所自承的中村輝夫事件，而是和他書中的後記有關：

一九三五年我生於臺灣，自幼在臺灣長大，直到一九四六年才被遣返日本，記得那時經常有電影在戶外空地上放映。此時日本人都坐在布幕的前面看正像，臺灣人則在幕後看逆像。我那時很想去後面和臺灣人站在相同的位置，去看一看臺灣人眼中的逆像。想到當年日本口口聲聲「一視同仁」的政策，不禁失笑。

從未曾親歷戰火的我自己，從大陸來到此地，那時臺灣早已光復多年。仍記得小學六年級上歷史課讀到甲午戰爭，清政府吃敗仗，一八九五年李鴻章和伊藤博文簽訂馬關條約，臺灣割日，成爲日本殖民地。

襯衫雪白筆挺，說話時露出一顆金牙的老師，是在日據時期成長並受皇民化教育的。光復數年後的臺灣青年，被異族統治的傷痛記憶猶新，民族意識的覺醒該是何等強烈，想必心中有多少感慨的話，要說給教室裡這些仍不識國仇家恨眞意的小學生們聽吧。

想不到在這節骨眼兒的課堂上，他只說了個笑話。

也是經常到附近的空地去看野臺電影，有放映機的廣場中央懸著白布幕，以布幕爲分際，日本人居前，臺灣人居後。因此，他說他看到的人的動作都跟日本人看到的相反。

老師說：

「電影中有個日本軍官喊了一聲向右看齊，他下面的臺灣兵個個都把腦袋向左轉過去！差不多每部電影都變成笑片！」

要不是小學老師說過的這個笑話我還記得，要不是這笑話又跟《一視同仁的最後下場》這本書中提到的相同，我怎會有興致去讀那本跟我本身八百年打不到一竿子的，關於臺灣軍伕境遇的書呢？

更不免使我想不透的是這書的作者，雖幼時住過臺灣，但畢竟是個日本人，也沒有親戚是軍伕，那麼到底是一個什麼偉大的契機，激勵著他去做這麼一樁浩繁又瑣碎的工作，去寫這麼一部吃力又不討好的書呢？

從這部難得的懇切的翔實的報導文學巨著中，我終於知道在南洋戰火裡枉送了一隻手和一隻眼睛的鄧盛，終戰歸鄉三十餘年來，仍以粗麻繩將鋤柄綁在斷腕上，日日掘土耕作以維持最低的生活。日本外務省以兩國無邦交的口實婉拒了他的去函請求負傷賠償。

也知道那志願參加「高砂義勇隊」，前往南洋爲日本天皇戰死亦不足惜的原住民青年，分明知道自己的父親是在霧社抗日事件中被日本巡佐活埋了的。

被派到日本軍需工廠去做苦役的臺灣少年工，有次遭空襲被炸死多人，最小的才十二歲。

省吃儉用撙節了路費好不容易隨一批人來到日本的歐巴桑，只想將戰死的丈夫的靈魂牌位從日本靖國神社移回臺灣故土，得以永遠安息，卻囿於日本官方的規制，不能如願，悵然而返。

日本戰敗降服的消息傳來，心中也生起了疑團，唯恐將被當作戰犯處刑而不敢返回臺灣，流浪南洋各地也不是辦法，只好趁機前往日本。「當船駛經巴士海峽，他們的臺灣島故鄉的身影，只當它是海浪間漂流的一截木塊，視而不見地駛去」。

然而，如前面所提那親歷過納粹屠殺無數猶太人的火車站站長，後來都對納粹暴行的回顧覺得無甚意義。而當年連半個日本鬼子的鬼影子都未曾見過的我自己，聽人說起那些被日本強徵的臺灣軍伕，戰後的他們變成兩面不是人，他們的遭遇不管怎麼地堪憐，不論如何地荒謬，老實說總有一種事不關己的疏淡感。

至於從那本書的作者的立場，這些事蹟於他更是何其迢遙渺遠。當然他的紀錄或許是出自一種伸張正義的意圖。

他說起小時候在學校和一名要好的臺灣同學打架的事，被叫到校長室去，一般的情形是兩人各打五十大板做為懲罰，但他記得那一次校長二話不說就把那臺灣小孩痛毆一頓趴倒在地，而是日本小孩的他則不必挨打。

或許他就是要反諷日本的假惺惺「一視同仁」的教育政策其實也反映在整體的統治政策上。而那次兒時的經歷也是他寫這本書的一個契機吧。但我總以為這種打抱不平伸張正義的契機是薄弱的。

驅策心底去做一種努力和衝刺的力量，它最原始發動的契機，往往是超乎道德意識的，是合理化意念之外的。

比如本文前頭引述的軍伕在基隆上岸時被侮辱的一段，對我自身而言，遠不如在高雄出港的少年工使我感動和同情。原因無他，歸國的軍伕被侮辱令人憤慨，是出於一種被教化而成的道德觀念的作用。而後者，作爲一個母親，想到爲年紀小小的兒子就要外出異國做苦役，而用心爲他做了些糖球帶在身邊吃，卻在大雨中全部溶化泡了湯，還有比這更令人心酸的事嗎？

此外，涉獵甚廣的加藤先生在敍述這些臺灣少年在日本高座海軍工廠的情形，還用三島由紀夫〈假面的告白〉中的一段作爲引證：

海軍工廠的生活夠閒散的。我的差事是圖書館員和參加掘壕溝的工作。我和臺灣少年工們一起挖掘為疏散機器零件工廠而必要的地下溝穴。這些十二、三歲的小鬼們對我來說是最好的朋友啦。他們教我臺灣話，而我講些神話給他們聽……他們的食慾大得無與倫比，有個傢伙瞞著廚子偷了米和蔬菜，加進一大堆機油做成炒飯，我卻對之敬謝不敏。

這段引述使我感動的倒不是說那些臺灣少年工還有幸跟三島這位大文豪打過交道。而是那用機油炒過的飯，那股怪味我以前眞的聞過，因而我十分了解，要不是那正在成長的十二、三歲的少年由於過度勞累體力透支，熱量消耗奇快，日本人伙食又少油水，餓起來就像胃在翻筋斗，否則，沒有誰吃得下用機油炒的飯！

如果不是野臺電影「一視同影」的靈感去寫那部《一視同仁的最後下場》的書；如果不

是鑲金牙老師的笑話，溶化的糖球，機油炒飯促使我去讀那本書，去了解過去二十一萬臺灣軍伕們的遭遇，我找不出什麼才是更偉大的契機！

八十二年十一月十五日「聯合報」

離譜之樂

J・D・沙靈傑所著《麥田捕手》中的荷頓說，每當他讀到又好又過癮的書，就想趕快拿起電話筒，跟那書的作者聊聊天什麼的。但有些好書，譬如《人性的枷鎖》，寫得雖不賴，但並不怎麼想打電話給那作者毛姆。

讀《麥田捕手》之際，也眞恨不得打電話跟作者說：

「眞鮮，書中主角提到自己父母的地方總共不到三、四句，但他在火車上遇到一位漠不相關的旅客，描述了一大段，而且雙方說了一大堆話。但主角跟自己的父母的對白似乎連半句都沒有。百善孝爲先的我們老中讀起來，還挺有點兒離譜的。」

接聽電話的人可能會先打個呵欠，然後說：

「離譜就讓它離譜吧，我累了，累得要命，拜拜！」

每次一提到所謂的正經事，他就喊累，這就是沙靈傑筆下的荷頓。

《麥田捕手》當然不只是一個逗趣的逃學學生的故事，首先，它的陳述與其說是採用標新立異的形式叫人刮目相看，不如說是偏要走旁門左道，擺出一副我行我素的霸氣，叫人吃不完兜著走。

我以爲沙靈傑並不想在語言和文體上動歪腦筋，他是硬要跟世上許多「理所當然」的事過不去。

整本書似乎在不斷地爭辯著：人過日子爲什麼不可以偏離和違抗中心的正題及主流的指向；人的思考、學習和表達爲什麼不能脫開重點和主旨。說得更粗白一點，就是「離譜就離譜，老子不賣你的帳又怎樣」的問題。

關於離譜（digression）這個詞兒本身的討論，書中就舉出了一個有趣的例子說明。

荷頓說他從前的班上有個叫做理查的同學，雖有點神經質，但荷頓挺喜歡他的，有一天在課堂之上理查以「父親的農莊」爲題演講，沒說幾句切題話就突然講到他母親有天接到他叔叔寄來的信，信中說他如何得了小兒痲痺症，如何住進醫院，又如何生怕別人去探望，因爲他已經四十二歲，不願別人看到他用支架固定肢體的樣子等等。

班上的學生們聽到他講這些題外話的時候，紛紛叫嚷著：

「離譜！離譜！」

老師後來給理查打的分數也很「離譜」，是離及格標準還有一段的「D十」。

荷頓後來對一位安托里尼先生承認，演講時能針對主題表達發揮，當然是件好事。但如果一個人說著說著就不自禁地說到別的地方去了，只要那說話的人自己說得很高興，說他叔叔用支架這回事，不也是挺有意思的嗎？

那位安托里尼先生對於荷頓是愛護有加之外，更是循循善誘，一片苦心。他說：

「荷頓……容我提出一個老朽的道學先生的問題吧，你不認爲我們做一件事都該選擇適當的時間和地點嗎？你不認爲當某人要開始向你談起他父親的農莊，就應該緊繞著原題，先不說別的，不要扯遠，等到談完了主題，還有餘裕，再來提到他叔叔用支架固定身體這件事？或者，他覺得叔叔的這件事非常怵目驚心，非談不可，那麼，他大可以選『叔叔用支架』當做演講題，而不該選『父親的農莊』。」

「您說得雖對，但我有點不以爲然，我想理查雖應該選『叔叔用支架』，而不該選『父親的農莊』爲講題，不過我的意思是，在多半的情況下，除非你先談那些你最不感興趣的話題，否則，你根本不可能發現自己最有興趣的事是什麼！我的意思是有些事根本不是人所能操控的……」

荷頓接下來又說到他的老師：

「他老是堅持要你做到『統一化』，要『簡潔化』，有時你根本不可能那麼做。我的意思是說你怎麼可能馬上去統一或去簡化一件事情，只因爲別人叫你去這麼做？」

荷頓最喜歡他的小妹妹菲比，她既精且憨。荷頓和菲比之間那麼「心有靈犀一點通」的感覺，或許就是《麥田捕手》書中想要強調的人與人間最不可言說的那種美妙感的交融與互遞。

他哥哥D·B·有一次帶他和菲比一起去觀賞舞臺劇「王子復仇記」，荷頓說菲比看到漢姆萊特用手拍一拍他旁邊的一條狗的頭，覺得最有意思。

有些大人帶小孩去看京戲，小孩子對於戲裡的演出和戲文根本不明所以然，倒是對戲園子內那個賣芝蔴糖的販子看對了眼，這也可以套句京片子說：

「不是挺好的嗎？」

一提起芝蔴糖，不免想到五毛錢可買兩個熱包子的我的小學生時代。我的意思是說這篇文章要開始「離譜」啦。

小學六年級我有個同班同學叫做吳玲玲。

那時六年級分爲男女各兩班。六年丙班的女生班不但是好班，說是「貴族班」都當之無愧。三十多年前我們家住新店碧潭附近。山翠水碧，地靈人傑的緣故吧，那時這一帶住滿了駐外使節、國大代表、立法委員、高等學府校長等政府高級官員的家眷。若是軍職的話，總是將級以上的居多，他們的居家環境，當然不是一般軍眷眷村家庭所能企及的。至於是否還有些做大生意的，那時似乎還沒聽說過。

好在小孩子們對經濟階級的意識很淡泊，小學生們的眼中，功課好不好仍是最重要的指標。

當年我自己及家庭的境遇，唉，不提也罷，總之跟吳玲玲她們比，是「離譜」得很。只是仗著功課很不錯，才有幸跟她們打成一片，其樂也融融的。

在班上吳玲玲與我同坐，她父親就是立法委員，住在當時的文山中學山坡上的一座深宅大院之內。雖和她近水樓臺而交往密切，但她家裡其他的人畜我卻只見過一位老男傭，和一隻狼狗。

有一回進得了她家大門，但只進到離大門最近的一間傭人房兼棧房，便「閒人（包括小孩子的朋友們）止步」了。還記得吳玲玲抓來一個滾熱的粽子，讓我坐在傭人房的床上吃，因爲傭人房裡面很少有桌子的。

每日爲腳上那雙面子和底子都蝕薄了的土布鞋，爲小手掌因天天提水而起厚繭，過著羞愧而刻苦的學校生活的我，有一回，卻見到吳玲玲穿了一件泡泡紗綠方格的洋裝，有緞子飾帶的白皮鞋，學著美國電影裡的女星，邊舞邊唱起什麼「Seven Lonely Days……」

正課以外，我們六年級升學班幾乎每日都有補習課。就在原教室補。通常補到六點多，肚子就開始很餓了。這時候，照例就有個賣包子的山東老漢出現在教室後門口，吳玲玲也照例會用五毛錢去買它兩個。

每天飢火中燒之際，蔥和肉和麵混合的香味，照例會從隔座飄過來，暗中我將口水吞進空肚子。照例，我眼皮連搭都不肯搭一下。

記得有一次那賣包子的來到教室後門時，我和她兩人正巧在談得挺帶勁的，她自己先去買了包子，拿在手上，卻望著我說：

「你要不要也買嘛？」

「我？我沒錢……」我怯怯地回答。

「沒錢，我借給你就好了嘛。」

明明她也知道我是班上唯一連簿册學雜費都繳不出的學生。導師催了好幾次，都沒用，後來乾脆懶得催了。

「不行！」

我很直覺地拒絕了她的善意，先是有點後悔，但隨後便覺得自己很是氣壯了。

「借給你嘛，沒關係，你不管什麼時候還都沒關係！」

我永遠記得她說這話時的那種懇求的口氣。

假使那天她說你沒錢，那好，我就多買兩個請你吃好了。我的肚子一旦也挺不住，接納了她的施捨，將「救濟糧食」吃進肚裡，那就變成一段乏味的故事，無趣的回憶了。

然她說要借給我錢，分明是她自己主動要「提供貸款」，而我一口拒絕，已經是神氣得不得了了。此外，她還開給我最寬厚的條件，也是一種史無前例的最優遇的信用貸款——

「你不管什麼時候還都沒關係！」

以融資術語而言，是既免利息又無期限。

而我，竟然一一予以悍然拒絕！

那時刻，一種崇高尊貴之感自心中冉冉昇起，那種飢餓，竟是多麼舒坦，多麼昂揚，多麼威風凜凜！

唉，小時「威風」了了，大未必佳。時至今日，只不過落得會寫幾篇「離譜」得很的文章罷了。

八十二年十月一日「中國時報」

海德格的呢喃

世間一切技藝只須勤習不怠，假以時日，都是愈磨練愈精進的。十年八載下來，再難的什麼秘笈武術，再笨拙的身手，絕招妙計不說，至少花拳繡腿似地一招半式，亮得出去，是毫無問題的了。

但是獨獨烹飪這一門則不然。絕大多數的家庭主婦雖日復一日勤練苦習，別說十年八載，即使二十年十八載下來，其烹「藝」之水平，只見愈習愈拙，愈練愈每下愈況。

只消去打聽打聽數十年煮飯下來，因而「熬」成了「婆」的「一家之煮」們，每日的心得，十個裡頭怕有十一個說：

「只要把生的煮成熟的端到桌上，就算仁至義盡啦！」

發現自己勤習如此長久下來的「技藝」，不進反退，眞是一種強烈的挫敗感呢。加上天天做飯吃飯，吃飯做飯那如同薛西佛斯將巨石推上滾下永無止境的徒勞與苦難，心中旣無奈又怨尤，好在此時此際，我努力設法按捺下那不平之氣！

遙想古人辭官歸故里，從此就過著一邊耕田一邊讀書的耕讀生活。而我自己這數年來從那混濁的「職場」，回到自家的小窩，所過的也可說是邊煮飯邊讀書的「煮讀」生活罷了。既然那陶潛能「採菊東籬下，悠然見南山」，我又何嘗不能「煨粥西爐邊，泰然觀泡沫」呢？

若非及時轉念及此，我恐怕早就狠下心，甩了鍋鏟，冒著先生以家中無飯可吃爲外遇的藉口的大風險，憤而出去當環保主婦、社會義工之類了。

當我正要開始苦思所謂的外遇問題，忽聽得廚房中瓦斯爐上那鍋粥翻滾起來了，那花團錦簇似的白泡沫，從鍋蓋的周沿噴湧而出，咕嚕咕嚕之聲，不絕於耳。急忙奔過去掀開鍋蓋，眼望那一蓬蓬慷慨激昂起來的泡沫，就像聽見它們在呼叫：

「我們要外遇，我們要外遇啊！」

如果說革命無罪，那外遇也有理。一場再熾熱的泡沫的革命，到頭來不都是落得泡沫一堆，終歸化爲烏有嗎？

海產中的貝類，肉類中的牛肉，加熱之後所產生出來的泡沫最多，有個信佛的人告訴我，除了儘量不要吃牛肉，也最好不要吃貝類海產。因爲這些東西的「靈性」重，吃了以後造成的「業障」自然也更大。如此看來，這泡沫多靈性重，泡沫與生命就有密不可分的關係了。生物學讀過單細胞的草履蟲的生命來源，也是得自濁水中某些氣體形成的細小泡沫。因此，泡沫即生命，生命即泡沫，信哉？不信哉？

為什麼屬於「靈性」較低的，素食者不至於不忍心去吃的米，加水加熱煮起來，竟也會產生足以將鍋蓋掀得半天高的強大的泡沫呢？那一定是在「粒粒皆辛苦」的米之中，蘊藏著什麼神秘而強悍的精氣了。在舊時的鄉下，怪不得農家人不必吃什麼菜，光扒下幾碗白飯，也有足夠的氣力做一整天的粗活。

那鍋中白米加水加熱後冒起如此浩大的泡沫陣，使我凝望得出了神，不免想及緊緊封藏在每粒米中的精靈氣，隨其外殼的綻開，紛紛擠撞而出，自裡到外，由下而上，從低到高，生命總是不斷以膨脹的方式去抗拒地心引力，不斷地開展延漫。每個最小的生命單位，都在爭相競奪自身最初也是最後的「原爆」的機會，雖說每個泡沫的生命不過是一瞬間，卻個個有其一回合的完整的生命歷程。不知是什麼力量，使它們如此地毅然決然，使自己伸展成型，完成它一生唯一的圓滿，和隨之而來的最終的破滅。

眾多浩瀚的泡沫們在生死消長，載浮載沈，卻不見它們在掙扎搏鬥的亢奮，大起大落的激顫。在它們的出世與死亡之間，我只聽得見那細細瑣瑣的，不知所云的呢喃，有如生命自身含糊的獨白，更如那圍繞著時間與存在的問題，海德格喋喋不休的，叫人頭脹欲裂的論述。

但海德格的哲學中對本質（essential）的堅持，是最令我折服的。人們愈來愈疏於掌握現象的本質，分歧之路愈來愈駁雜，導致今日的多元文化及多元化社會，大家自說自話各管各的，門前自清，以爲從此井河不犯，豈不善哉！然多元化在生產上雖有分工分類細密的好處，整體的人類境遇而言，多元化的結果，勢必會導致走進疏離荒冷的死巷，而悔之莫及。

凡讀過海德格者，應該都能記得他當初對「本質」一詞，曾何等不厭其煩地叮嚀再叮嚀。想來，哲學家之偉大，是在於他有預告的本領。

但他的哲學卻有著惡名昭彰的「困難」。另一方面，他又缺乏像尼采那樣讀來叫人痛快的霸氣。

「上帝在何處？我告訴你吧，我們已殺了他，就是你和我，我們就是他的劊子手！」

「我們竟把海水都飲乾了？是誰給了我們那塊抹去了整條地平線的海綿？」

「請相信我，生命最大的成就感和樂趣，就是要活得危險（to live dangerously）。」

像尼采這樣的話，海德格是說不出的。

雖說沒有像讀尼采那樣叫人狂野起來的樂趣，海德格的哲理，每每叫人百思不得其解，最後叫人就像乩童「抓狂」起來，也不能不說是其魅力了。

如果只用俗理常情，及一般性概念化的思考去解析海德格，注定是會得到「不得其解」的結果的。但奇妙的是，這位「不得其解」而不斷追問的人的本身，也正是海德格要探討的對象。

「每一個哲學上的疑問，往往涵蓋了所有一切哲學上的題目，而這每一個題目本身其實就是哲學的全部，提出了哲學疑問的人的自身，就因爲對這問題的提出，而必得牽涉進入這疑問的裡面。」

凡事必講究親身「體驗」和「進入」，是進入海德格哲學世界的要領。

譬如泡沫，你不能只站在一旁觀賞觀賞就了事了，你必得要鑽進一個泡沫的裡面，才能探掘到泡沫的本質。

現在，你就設想自己已經住進這圓圓小小的泡沫裡面了。泡沫之中原本空無一物，你或許並不以爲奇。可是，你將發覺你和你的鄰居，只隔著一道極薄極薄的薄膜，而且是完全透明的。你睜大了兩隻眼睛看過去，眞怪，你卻什麼也看不見，或是也看不到什麼，總之，你搞不清楚。

接著你只好來輕輕地敲一敲牆壁，但卻連著力都不可能，於是你逼得不能不大聲呼叫了，但問題是這叫聲連你自己都聽不到。除了那如潮水一般，四面八方排山倒海而來的，一波接一波的呢呢喃喃……。

人陷在無名的恐懼之際，海德格說，往往會發出無端的斷續的呢喃，只爲了證實自己所恐懼的對象其實是「無」中生有罷了。而當衆多的泡沫們紛紛呢喃著「泡沫的生命，卽生命的泡沫」，或許只是像海德格費盡唇舌的呢喃那樣，不過是爲了證明世上確實有「子虛烏有」(nothing)的存在吧！

nothing 叫人惴惴不安，但是，對 nothing 的一無所知，更令人驚怵！

八十三年二月十六日「中國時報」

隨想

幽默

地瓜映雪

生長快速，繁殖容易的東西，似乎總遭人輕鄙。設若地瓜天生而爲動物，一定會被打入鼠輩之流無疑。地瓜在植物世界確也屬於「薯」輩，雖說此「薯」非彼「鼠」，但誰叫它們兩者的讀音竟如此相同呢？

都不喜歡出鋒頭，寧可獨處一隅自求多福，是兩者的共同優點。不同的是鼠輩一旦曝光，每每四處逃竄，驚惶失措，而「薯」輩地瓜則否，曝光就曝光！不怕你看它看得仔細，就怕你看得不夠透徹。

當有一天，你驚見它的粗糲樸拙，土裡土氣之中，竟有一分泰然自若，而會對於自己的向來不識貨，覺得慚愧萬分的。

通常地瓜貝比們出土來到人世，便要遭受一次殘酷的洗禮。只見那農婦粗手粗腳，把整簍子的地瓜嬰兒倒進注滿冷水的大木桶裡。她哪裡會耐得下性子，用手親自去替他們一個個地清洗？她只是拿一支大木棍插進桶子裡，使勁地胡亂地大攪一通，讓地瓜小鬼們光溜溜的身子互相擦撞碰擊，直到所有的沐浴者都弄得泥頭糊臉，皮破汁流，體無完膚，才算是完成一次又痛又快的洗禮。

唉，誰叫它們的爹娘都是沒頭沒臉，卻又不知節制地生了這麼一大堆呢？

地瓜們自小的長相就貌不驚人，經過這麼一次洗浴，僅止於略爲乾淨，於他們原本的尊容並無太大的改善。因而有些小販，索性連洗浴的手續也都免掉，就讓地瓜們帶著一身出世時半乾半濕的汙物，用粗麻袋裝起來，放置在貨攤最不顯眼的角落，等待識貨者。

愛地瓜的人是有福氣的。地瓜作爲一種商品，它從盤古開天以來就從未缺過貨，當然也從不曾成爲搶手貨，或「發燒品」。一個人大致要窮得相當有骨氣，才會窮得連地瓜都買不起，但眞的窮到那麼有骨氣的時候，人大致也是活不成的了。

至於有錢也買不到地瓜的事，有那麼一天恐怕也得很多萬年以後才會到來吧，此時此地，姑且不論。

地瓜雖與番薯是指同樣一種東西，但只有番薯和芋仔結婚，所生的下一代，才叫做「番芋族」。

據說這番芋族都具備絕頂優異的「新新薯類」的特性。至少，這新生的族群是掙脫掉了那地瓜土得不能再土的土氣，以及芋仔那迂得不能再迂的迂腐吧。

到底他們將優異到什麼地步，以及這番芋族此後的世世代代究竟是福是禍，端要看他們這一族群自身的造化，也由不得在本文中妄加揣測了。

且不論地瓜的婚姻關係，卻來品評品評他的表妹表兄倒也無妨。

番薯如果娶了芋仔，其實也是親上加親。因爲芋仔本來就是地瓜的表妹。這表妹的長相雖也不比她表哥稱頭，只是煮熟了的她，總會泛出一種罕見的紫藍色，倒不免叫人心生歡喜了。

色香味俱全當然最好不過，但單憑一項「色」，靠點兒門道和關係，並不見得闖不出個字號的。

確然，就憑芋仔表妹的「本色」，和她天生喜勾三搭四，攪七捻八的行徑，有好一陣子她可謂出盡鋒頭，紅得發紫。

紫色瑪瑙般的葡萄串兒以外，若在盛宴席中，出現一件高貴雅致的紫色珍饈，不必打聽，那鐵是地瓜的表妹，芋仔姑娘的傑作無疑。

自此以後，紅豔的櫻桃公主，自願前來與她嬉遊。三不五時地，她出席蛋糕、冰淇淋貴婦們舉辦的迪斯可舞會。還有就是，黑棗俏寡婦，豆沙老奶奶和葡萄乾八姨太帶著她的腰果隨身丫鬟，不停地約她出來摸個八圈兒的。

總而言之，芋仔表妹的社交生活變得極爲活躍和熱絡，天天是邀約應酬不斷，大門前更是車水馬龍。再也不記得自己有個窮酸親戚，那土頭愣腦的地瓜表哥了！

地瓜的表兄叫做馬鈴薯，光聽那洋味兒十足的名字就知道這表兒的境遇勢必要風光一些的吧。

「食馬鈴薯者」是大畫家梵谷一張畫的標題。很是窮苦的一個礦工家庭。每個人衣衫灰暗粗劣，圍坐在只有馬鈴薯和茶水的餐桌，在極慘暗的燈光之下，他們每個人用餐的神情，雖沒有歡愉，但卻是執著的，專注的，寧靜的。

如果梵谷是中國人，這幅畫的標題必是「食地瓜者」無疑。在西方國家馬鈴薯相當於我們的地瓜。兩者都是世界的窮苦人家的救命恩人。

依我們中國人看來，該幅畫中所有的筆觸和運色，其實更富有地瓜的那種粗中見拙的趣味，而比較不像馬鈴薯那樣，粗中尙帶有點滑潤之感。

馬鈴薯在實質上是和地瓜相近，然就因爲他帶了點洋味兒，馬鈴薯也因而始終打不進中國人的生活，尤其是心中童年的回憶。

若把童年偷挖番薯、烤番薯、聽街上叫賣番薯的記憶全換成馬鈴薯，那似乎變得沒有一點意思了。鄉下都是用番薯籤餵豬，如果一律改用馬鈴薯，恐怕豬隻們是會以絕食來表示抗議的。

商人雖是聰明絕頂，但有許多事還是無能為力的。譬如我敢打賭，他們無論如何也不能叫豬隻們在談判桌上一坐，就說服牠們要乖乖吃馬鈴薯。

偶爾嘗鮮來點洋芋沙拉，到麥當勞來一包炸薯條什麼的倒也不礙事。但若要將馬鈴薯來取代地瓜在我們中國人口中和心中的位置，那是門兒都沒有的。比如地瓜煮在稀飯裡有人吃，但稀飯裡面擺些馬鈴薯，有誰愛吃才怪！

還是商人們的腦筋動得快。有了，他們說，就讓那土得不能再土的地瓜，進入洋得不能再洋的五星級大飯店吧。

地瓜煮稀飯就地瓜煮稀飯，誰怕誰啊，這年頭！

高層上流社會的人們，被神駒、朋馳、名犬、魚子醬這些東西都搞煩了。讓他們來點新鮮玩意兒，笨驢子、老單車、土狗、地瓜不也挺逗的嗎？

終於，就在一次重要的晚宴上，一只纖巧的京碗，盛裝著地瓜稀飯，被端正正地捧至某董事長夫人的面前。

她望一望碗中瑩白之間，透著金黃熟軟的地瓜塊，宛若一截晶亮的黃玉，浸潤在白玉的稠融之中。黃白兩相輝映，使白的雍容華貴，黃的更見璀燦，美得眞像是皓雪皚皚中的落日斜陽啊……

況且她覺得那地瓜稀飯吃起來的清爽怡人，是她從不曾經驗過的。此物的絕不沾一絲油腥的潔素淨致，更教那夫人從此齒頰流香，一世不忘！

商人們笑得合不攏嘴，於是對地瓜稀飯說，以後你就改名爲「白玉浮金」或是「夕陽映雪」如何？

不料那地瓜稀飯中的地瓜說，別人我管不著，不過我還是堅持用我原來的姓和名。商人撓不過它，但覺得那「白玉浮地瓜」念起來太繞口，便決定用「地瓜映雪」了。

下次你去到那五星級大飯店，說要點一客「地瓜映雪」，侍者們包準會對你刮目相看，因爲，畢竟你是個有品味的人，絕對能跟得上潮流的消費者！

「識得土中土，方爲人上人」，這是此時此地消費社會最新的觀念。不是嗎？

八十二年九月八日「聯合報」

一杯咖啡也瘋狂

你若想在家裡喝咖啡，不如出外喝咖啡。

出外喝咖啡，不如只聞那煮咖啡時的香氣。煮咖啡時的香氣，不如磨咖啡豆時的香氣。

磨咖啡豆時的香氣，不如看著吧臺女侍磨好了豆，在煮咖啡的樣子。看她們在煮咖啡，不如坐在吧臺的最邊端，看她們忙著洗杯碟。看她們在清洗杯碟，不如專心去聽那洗杯碟時，瓷器的碰擊和水流沖濺的聲音。聽那聲音不如想像那聲音。想像那聲音不如一字字地寫下那聲音。

自己去寫那聲音，不如去讀那個叫做村上春樹寫的〈關於一種咖啡的品飲方式〉。讀他這篇小品的起頭不如先讀重點：

> 如今想來，我真正喜歡的，與其說是咖啡本身這東西的味道，不如說是那飲咖啡的

風景罷。

讀這一句又不如最後一句：

人生怕也不過是一杯咖啡能帶來多少溫情的問題罷。

但，還不如來讀開頭的這一段，算是稍有醇味：

記得是一個午後，店裡流蕩著樂聲，是維恩凱利的鋼琴。女侍端出白色咖啡杯，放置在我面前，由於杯子質地的厚重，它放下時桌上發出「咔噹——」一聲，悅耳得叫人舒服，彷彿一粒小石墜入了澄澈碧綠的水底。那聲音至今一直都存留在我的耳際。那時的我，十六歲。外面正下著雨。

但，與其墮入一杯溫呑呑的咖啡之中不能自拔，不如用T・S・艾略特「普魯夫羅克情歌」中的一句將它吹涼：

用那柄咖啡匙我酌量了又酌量我的一生。

光看這一句，不如多看他幾句：

讓我們出去罷，你跟我
當黃昏在天空伸展肢體
有如躺在手術臺上被麻醉了的病患
我們走罷，穿過叫人涼半截的清冷街道……

我們走去哪裡呢，你和我？莫非又是去到海邊碼頭的咖啡小店，聽一只厚重的咖啡杯「咔噹——」地落在桌上的聲音之類的事兒？然而，人家T・S・艾略特可不是不輕鬆，但又不那麼輕鬆的人物：

畢竟，這一切值得不值得
在這些杯碟，果醬和茶水使用之後

在瓷器什物，你我談論之中我們活著
這一切到底值得不值得
用一個微笑了結所有一切
將宇宙擠成一個小球
並任它一直滾到最終的問題
然後大言不慚：「我是拿撒勒，死而復生
我回到世界上是來宣告你們所有的人向你們宣告一切！」

艾先生既然提到拿撒勒，何不如打開《聖經》，翻到〈路加福音〉二十一章八節：

千萬要當心，不要受騙了。因為許多人正假借我的名大言不慚：「我就是救世主，
偉大的時刻已到」，但千萬不可聽從！

《聖經》的話都是點到為止。不如回頭再來讀艾略特，他其實是個「嚴肅又不太嚴肅」的英國老頭兒：

房間裡許多女人們來回地走啊走談論著什麼米開蘭基羅。

這倒不難，就不妨來個依樣葫蘆：

「當莫內在故宮，於是人們談論著

莫內在宮內　談論著

莫外在宮外」

若眞想學艾老先生，倒遠不如來學村上春樹容易得多多。不信到了今年聖誕夜，你不妨在什麼偶然的機會，一個不小心去買了一「盤」CD，內容是美國五〇年代低音歌王平克勞斯貝的歌曲。當然，他那只惹人思古幽情的「銀色聖誕」（White Christmas）是少不了的。然後你回到家來將它一遍又一遍又一遍又一遍又一遍地放……

當然更須記得好好沖上一杯咖啡，要像正宗爵士樂調那般窩心，純純地……

這就很具有村上春樹的味道了。然而，無論如何，他對待妻子和狗的方法，你一定是學不來的。

因爲，他一旦有某一天優閒得發慌，就可能帶著太太來到小鎭上的雜耍奇技博覽會，以物換物的方式，而把自己的太太換成一隻會說人話的狗回來。

然後牽著牠去樹林中散步，邊談邊欣賞美得醉死人的夕陽景色。

眞是優閒啊，不愧爲經濟大國的生活大師！

於是他繼續寫道：

「看哪，牠多可愛，以右前趾輕輕地托起咖啡杯，左前趾則撐起腮幫子，並偏倚著頭，做了一個極自然的微笑……」

那篇文章的標題也是〈一杯咖啡也瘋狂〉。

信不信由你！

八十二年六月十八日「中國時報」

兩根大樑柱

「第六個階段，變成了一個精瘦的，趿著拖鞋的老不修，鼻子上架著眼鏡，身邊掛著錢袋。萎縮的大腿上，套著一條年輕時留下來的緊身褲，鬆垮得還眞厲害，宏亮的語聲變得童嗓似地尖細，說話的時候只聽得唧唧地叫……」

「如君所願」(As You Like It)這部喜劇中，「人生的七個階段」是最常被世人所引用的一段對白。

莎士比亞對於人生的每一個階段，似乎都要極盡其嘲弄挖苦之能事的。譬如，對剛出世的嬰兒，他絕對不用什麼「純潔」、「可愛」、「天使一般」等字眼，倒說是「在保母的懷裡又哭又嘔吐」。第二個階段說是「像蝸牛爬似的，不樂意上學堂」的學童。

第三個階段是「像大風箱一樣嘆息，爲他的愛人的眉毛也能寫一首悲歌」的情人階段。

到第四個唯名利是圖的盛年期，則是「滿嘴語不驚人死不休的咒誓，像豹似的一臉鬍子，好與人尋釁找碴，爲求取泡沫般的名氣，即使面對著的是礮口，也勇往直前，在所不惜。」

眼看這個人已走到了日暮途窮，行將就木的第六個階段，莎士比亞也還是不放人一馬，絕不肯寬貸的，罵人家是老不修，笑人家是「萎縮的大腿上，套著一條年輕時留下來的緊身褲，鬆垮得還眞厲害」。

或許有人會建議莎士比亞該保留一點口德，但不知怎地，自從第一次讀到這「人生的七個階段」，就發覺有說不出的對味兒。等到自己也快走到這人生的終程之時，更視莎氏的這段文字爲金玉良言，百讀不厭。

尤其他對老人穿條鬆垮的褲子的腿的描寫，實在太傳神，太入木三分了。站立行走於這世間的每個人，正如一棟棟的房屋，鷄皮鶴髮，甚至彎腰駝背的人，不過是像一座房子外觀上變得老舊和破敗罷了。而人的兩條腿，就好比是支撐著屋宇的兩根樑柱，支持著能挺直在地面之上的人體。所以，人的大腿的消虧瘦損，應是老年出現的所有各種的老態之中，最爲嚴重的了。

芭蕾舞主要是腿的美與力之舞。迷你裙和熱褲也不外是要炫耀一雙青春盈滿，「雌」姿英發的美腿。至於長裙及長褲呢，難道不是要使一雙腿的偉岸豐美，在衣飾布帷之內隱隱約約，呼之欲出。

青春女性擁有一雙修長麗質的腿是一大資本，但卻少有人知道，那也是一件防衛性的武器。

研究強暴罪的專家指出，強暴案犯者所攻擊的目標，深藏在難以進攻的體內，並是以慓悍的、強有力的雙腿（有如包青天隨侍在側的王朝與馬漢）所嚴密監護。

施暴的對象得以強大的腿力，以及持續有勁的腳踢方式阻撓施暴者達到其目的。故除非使用非常的暴力，一般而言，是很難排除對象拼命強力的抵抗，而逞其獸慾的。

難怪說贏得或曾與一個女人有過親密的關係，名之爲「有一腿」。莫非是由於要「得到」女人，必先徵求那一雙「王朝馬漢」的勁腿的同意才行吧。

滿臉的皺紋，多少還會令人聯想到生活的歲月的歷練和智慧等等正面性的標記和象徵。但一雙乾癟無力的腿，套在鬆垮的褲管之中，撐著微佝的身體，顫巍巍地在路上踽踽獨行的樣子，是再也不可能令人聯想起美好的，或浪漫的什麼了。除了使你感到從頭頂冷到腳板的悲涼。

人類衣著的發明，最受惠的其實是老人。試想那西服筆挺裡面的一個老紳士的身體是什麼樣子吧！上身或許還像個人模樣，下面則是肌肉早已被剔刮淨了的，只剩一層乾皮包著兩根枯白的大骨頭。

並不是刻意要模仿莎翁的冷嘲熱諷，也不是見不得「老」人家們好，我只想規勸那眾多「人不老心更不老」的「花甲少年少女」們，偶爾偷閒學少年當無不可，但盡量要避免展現自己那兩根大「樑柱」的機會，否則，非穿幫不可！

因為每根柱子裡必有無情的蛀蟲。科技再猛進，人類也研發不出一種「殺蟲劑」，可以對付那些時間的蛀蟲啊！

八十二年四月二十七日「中華日報」

瑞士與驢子

年齡層愈低的家庭，旅遊活動似乎愈頻仍。像我們這種婚齡已屆二十餘年的「高齡家庭」，當年種種全家出遊的盛況，似乎早已化作陳年往事，只能到記憶的舊帳目裡去尋覓了。

猶記得那一年的暑夏，我們一家四口偕同丈夫的公司裡的一票男女青年，前往福隆海水浴場附近露營。那年才五歲的兒子，看到叔叔阿姨們忙著釘樁、紮營、搬什物，他穿梭縈繞其間，興奮得不知如何是好。赤日炎炎下只見他忘情在沙石堆裡又跳又蹦，不曾片刻稍歇。入夜不久，果然他就發著高燒，躺在營帳裡了。若是白天替他戴上一頂帽子，就不至於日曬過度而中暑了。做父母的總是後知後覺。

悔之晚矣。當所有的人都興致勃勃，爲營火會的節目在緊鑼密鼓地做準備的時刻，獨獨我們夫妻二人不得不捨團隊而就父母的天職。誰叫我們自己沒有照顧小孩的基本常識，怪不得誰，只好以自責的心情，抱著兒子去找醫生了。

離開紮營區和人群，我們急速地朝著市鎮街道的方向趕去。丈夫面色凝重，只顧抱著一身發燙的兒子向前疾走。我雖緊隨不捨，但心中並非太甘願。只將兒子額頭上變熱了的濕毛巾，拿起，抖開，散了涼，再敷上去。

當年福隆海濱的小鎮，老舊荒疏，夜裡有些街衢尚未設有路燈，只能藉著尚未打烊熄燈就寢的商家，或住宅窗口，透出一點燈火去辨認商家招牌。

好不容易看見遠處的一塊招牌，很像是某某診所什麼的。走近了一瞧，才發現是武術拳道館，要不然也是什麼水電行、漁具店、傳教的聚會所。天總是不從人願，你愈不想找的東西，愈是什麼都有，一應俱全；你想要找的，偏偏一樣也沒！

在無數的彎巷曲弄裡鑽進鑽出，我們夫妻兩人的熱度幾乎要和兒子的熱度不相上下的時候，總算找到一名大概或許是密醫級的老醫師。只給注射了兩針，卻收費奇昂。

想來在那偏遠窮僻小鎮默默行醫，終生服務奉獻的科班醫生也許不少，但看上去，我們那次所遇到的是一位醫術欠彰，平日生意清冷，一旦外地生客上門，見機不猛敲一筆才怪的江湖郎中的可能性頗高。

急病亂投醫，乃無可如何之事。孩子燒是見退了，大概還不至於有太大的不良副效果，當我們走回紮營區，心情畢竟比來時寬釋多了。

遠遠望見一簇熊熊的營火，黑影人群在晃動，笑語人聲，越過樹隙，隨風飄過來，掌聲和樂器節奏此起彼落，交織成趣，我們兩人不知不覺間加快了腳步。

想必我們已經錯過了最精彩的節目。那時我們都還年輕，玩的興頭還很高，出來玩卻碰到小孩子生病，實在覺得很殺風景。

事隔多年，如今回想起來，錯過了最精彩的節目的那種淡淡遺憾的心情，實在勝過浸在眼前歡聚的欣喜，只因後者稍縱卽逝，而前者卻令人回味吟咏。

旅遊最吸引人，在於是你永遠不能預算你會碰上什麼事，會對我們造成什麼樣的衝擊，你也永遠無法預卜。

且讀以下這一段遊記：

「離開俄羅斯的一路上，我經過許多德國的城市和地區，我默默地四周巡視著，我記得自己一直不曾向任何人詢問或談過一句話。那期間我遭受痛苦的病魔的襲擊。每當我的病情惡化，一天要發作好幾次，往往會陷入全然痳木無感的狀態。我自覺到自己已失去了記憶，我思想的理路也破壞紊亂了，簡直無法追溯兩三天前事情的來龍去脈。」

「不過病況一旦好轉，我就完好如初，身強體健，就像現在一樣。但我記得在那次的旅途中我心情壞到極點，甚至想大哭。一種惶惑不安之感持續著。使我痛苦的最大原因，可能是旅程一路上出現在我四周的每一樣東西看來都那麼陌生，這一點我心中很清楚。與外界疏離渺遠的感覺使我深陷於被冷落和了無生趣。」

「然後，我記得，一天黃昏在巴塞爾，抵達瑞士的時候，在市場上看見一頭驢子在嗥叫，此刻，我才眞正高與了起來，所有的痛苦和不安全都消失了。」

「不知爲什麼，那驢子給我很大的震撼，心裡一陣快慰，腦筋也清晰起來，有一種豁朗朗的喜悅。」

「從那次以後我就開始喜歡驢子，對牠們產生一種不尋常的鍾愛。我並努力去尋找有關驢子的一切資訊，我終於發現牠們是一種最有用的動物——吃苦耐勞，強壯有力，而且價廉低卑。」

「只因爲驢子的緣故，我突然對整個瑞士發生了一種好感。而且前此的種種悲苦和自憐，似乎都一掃而空了。」

這是舊俄作家杜思妥也夫斯基小說《白癡》中，主角麥希金自己述說前往瑞士去養病，在旅程上的一些印象和感觸。

「假如你去到舊金山，請不要忘記頭上要戴一朵鮮花。」假如你去到瑞士，請不要忘記去看一隻驢子！

八十二年八月三日「世界日報」

郝思嘉與英子

兩三年前經常收看日本NHK電臺放送的「衞星映畫劇場」節目，有一天從他們連續推出幾部中國大陸方面的影片裡，看到其中一部標題爲「英子」，沒注意片頭說明，當時竟還不知就是根據林海音的小說《城南舊事》所拍攝成的。

記得那陣子還看過張藝謀導演鞏俐爲女主角的「菊豆」。以戲的分量及演出的著力而論，「菊豆」當然遠在「英子」之上。然而，那部比較平易的「英子」才是親切的，是眞正教我打從心底裡感動的。

看過電影隔了很久，承蒙作者賜贈，終於讀到了原著《城南舊事》。說來有趣，一邊展讀，一邊就覺得銀幕上看過的那大眼睛甜笑臉的小英子，頻頻閃現於腦際。

這樣的經驗，好久沒有過了。那還是在中學時代，每當捧讀那本《飄》的小說，「亂世佳人」影片中費雯麗那張美得不能再美的臉，總在眼前飄浮不停。

郝思嘉趁午睡時間偷溜，一心要去私會衛希禮，以傾吐滿腹衷情，妄想扭轉乾坤，使已和媚蘭定親的他，歸屬已有。不料此舉卻遭對方嚴詞回拒，她竟而出手掌摑心上人。衛希禮走了她還心有未甘，拾起一隻花瓶猛砸過去以洩心頭之恨。不巧，此時此刻白瑞德從屋裡沙發的背後，伸出了腦袋……

這一幕戲在電影裡和小說裡，對照之下，兩者維妙維肖，簡直有互相仿冒之嫌。這就像看見麥可傑克遜站在他的蠟像前面，兩者看來再怎麼神似，畢竟不能看見兩人一起跳舞或下盤棋什麼的，只是活眼瞪死眼地杵在那兒，反而叫人看得愈來愈乏味了。

但是「亂世佳人」這部所謂的曠世經典名片，讓多少人百看不厭，不免教人很想探究一下它的魅力到底在那兒？

滿天漫地的燦麗霞雲爲背景，烘托出夕陽樹蔭下郝氏父女依偎的身影，一個莊凝偉岸，一個青春絢麗。那郝思嘉的纖腰之下，更是翩翩曳地的巨幅羅裙。影片主題曲最優美的樂句揚起之際，她的裙裾便駕著晚風，高擎天際，如烏鵲展翼，如黑鳳翻雲……

這是「亂世佳人」的招牌場景之一。電影的專家學者說，那不過是一種煽情浮誇，老掉大牙的「電影語言」。

然而這個鏡頭在全世界觀眾的心目中，已因爲這部影片的傳世而變成不朽了。就像聖賢們講出一句話，即使平凡俗庸甚至有點肉麻，後來也都有人拿來當做座右銘一樣。

很多事情能產生它的魅力，似乎無關乎雅俗。

前不久再看「亂世佳人」已是第N次了。片頭開映，熟悉的主題曲旋律徐緩地奏起了，影片畫面自左向右挪動，逐個地映出 GONE WITH THE WIND 四個大字，如青空白雲颼颼然飄浮而過。每個字的後面拖著一截尾巴，莫非是時間巫婆用來橫掃天空的掃帚吧。

影片才啓幕，就感覺到一種濃得化不開的緬懷氣氛，彷彿是自己久藏的記憶揭開了扉頁，又感傷又熟悉。

這片頭的什麼地方彷彿已掌握了通篇整片最要害的東西。不知怎地，在這三個多小時的「隨風而逝」的故事，尚待如歌如泣地進行的伊始，我已不能自禁地，「隨風」而潸然淚下了。

想必也是那首主題曲。

音樂的力量浩大，能將我們的思緒經驗超越時間，跳跨過輾轉曲折的時序過程，讓人在一起程的同時，便提前經驗到結局的到來，預先嗅出悲切的氣息。

而所謂的結局，除了那注定的必然的「隨風而逝」，還剩下什麼呢？

《城南舊事》的後記中，林海音說：

> 讀者有沒有注意，每一段故事的結尾，裡面的主角都是離我而去，一直到最後的一篇〈爸爸的花兒落了〉，親愛的爸爸也去了，我的童年結束了。

「離我而去」、「花兒落了」、「去了」、「結束了」其實也就是她這本小說的主題。就「隨風而逝」此書的書面意義而言，《城南舊事》要寫的也是「隨風而逝」！

美國密契納女士寫的這部小說如此受人喜愛，且歷久不衰，固然歸功於電影的造勢，很多人說是因為那書的書名實在取得太棒了。

「隨風而逝」豈只是一個撩人浪漫情懷的美麗辭藻，它的終極意旨就是生命的原象，時間的本質。

機械的時間流逝中，人生來去倥傯的道途上，好在還有希望和回憶這兩盞明燈照耀著，人活著才不至於是一味地痛苦辛酸下去，最後一翻兩瞪眼，墜入黑暗。

回憶的神妙在於，能把我們飄逝的時光，過去的生活事蹟，轉化成一充滿神秘與情趣的過程，它雖一去不復返，但卻仍和現在的自己不可分割地關連著。且隨著自己的成長而將各種事蹟和經歷給予新的注解或重組，如此回憶起來，不覺生出無限雋永的情趣，散發無比神秘的光輝，照亮著人生之路。

當然也只有自己內心的記憶，才是眞正屬於自己心靈的故鄉。唯有在這裡，我們才能尋覓得著黃昏歸途中的溫柔，才終於能豁然喜見夕陽無限好的寧靜。

《城南舊事》裡有那騎著小驢回老家的宋媽，有椿樹胡同的瘋女人，藏在草堆裡厚嘴唇的小偷兒，被英子爸爸握過那隻「硃砂手」的蘭姨娘，還有井窩邊會唱什麼「開哀開門嗯嗯兒——碰見張秀才哀哀」的妞兒。當我欣然展讀之際，總是那麼不自禁地想起前不久讀魯迅，再一次地溫習了他筆下一個個的故鄉人物。

比如謀死了他心愛的一隻隱鼠的長媽媽，被春天的狼噬光了愛兒的臟腑的祥林嫂，海邊西瓜田裡拿胡叉去刺一種叫做「猹」的野生動物的小閏土。

魯迅和林海音所描刻出來的故鄉人物，我們讀來個個鮮活，栩栩如生，是因爲在我們自己心中的記憶裡，也多少能找到些認同而戚戚於心吧。但不僅於此，最重要的是，這些人物和他們的創作者，都是和我們自己源出於相同的歷史脈流，相同的一塊大土地上生活過來的啊。

那些可歌可泣的人物我們讀著更覺可親可愛，只因那些人物故事，是用我們自己的母語，以和我們流著同樣的血液的頭腦和手，所記寫下來的。

想起自己讀《城南舊事》時腦子裡閃現英子的甜臉，讀《飄》時眼前又跳出美麗又潑辣的郝思嘉。兩相對照，英子當然不如費雯麗美，也沒有她那麼令人迴腸盪氣的遭遇。但對我而言，那有著愛爾蘭血統的黃髮碧眼的郝思嘉，無論如何也不可能像有著烏亮眼珠的英子那麼親切。而美國南方亞特蘭大州的故鄉，再美麗也是別人家的，中國北平的故鄉，再破碎也是自己家的。

每個民族永遠會固守自己心靈的故鄉，這種頑強的本色，是對所謂中心的優勢的文化藝術無論怎樣努力去攀認，都不能成功的原因。

八十二年十月二十八日「中央日報」

兩極相吸

白薩和她的丈夫阿瑟住在巴黎，兩人都是畫家。她的才氣並不高，但丈夫為了愛護和栽培她，讓她進繪畫工作坊繼續進修充電，寧可犧牲了自己，去接攬一些商業性設計製圖工作，換取外快，以支付妻子那筆高昂的學費。

妻子卻求勝心切，只盼自己的畫作能入選為沙龍佳作，從此即可名利雙收。有一天，便催促丈夫去拜訪並設法討好一下沙龍的女執事長。對於白薩這種有辱人格尊嚴的動機，阿瑟極為不悅，但還是勉為其難去替她跑腿了。

他出去不久，白薩在家裡收到了阿瑟的畫作落選的通知函。阿瑟從沙龍返回帶來的卻是好消息；白薩的作品獲得入選！阿瑟正為她高興，白薩卻告訴他本人已落選的事。

他並不特別為自己感到失望，亦非因妻子入選而生妒，倒是察覺白薩的言詞舉動透露著；自己的丈夫已被她比了下去，顯然自己已高了丈夫一等，而萬分得意之色，才禁不住與妻子起了激烈的爭吵。

忘形的白薩非但不警惕，反而頤指氣使，她認爲既然事實已證明丈夫不如她，那他就應該繼續停留在做「粗活」賺錢供養她的卑屈地位，因爲他自己顯然沒有什麼創作才能了。

在一次化裝舞會上，她要他穿西班牙舞的裙子，使他當眾受辱。

後來白薩賣出了一張畫，得款三百法郎，這件事她未向丈夫提起，且沒有記入家庭的收入帳，阿瑟知情追問之下，她說法律明文規定，凡妻子本身工作所得，應歸女方私有。

氣極敗壞的阿瑟檢查所有的帳目，才發現白薩記下的顏料開支，是她一個人用去吃了大餐；她自己的睡衣花兩百法郎，丈夫的晨袍則是二十法郎的便宜貨。更甚者，多年來她不時向一位家中的常客借錢花用，還叫他替她購買無數的家用品，然後全部做假帳，一場括子記在自己丈夫的寃大頭上！

理虧的白薩卻還要強辯，說阿瑟是出於嫉妒才來找碴，要來清算她的，並哭訴說他其實並不眞正愛她。

「沒有道義和責任感的人，根本不配談愛！」他回答說。

阿瑟痛下決心，要和她分手，叫她準備離開這個家。

分手前夕，宴客小聚，白薩沒想到從沙龍退回來的一件落選作品，竟在這個時候被人送到家中來。檢視之下她才悚然發現這幅落選之作，原是她本人的，掛上阿瑟的編號而已！她當場暈厥，客人們向阿瑟探問，他才說出當初是爲了提拔自己的妻子，便將自己的編號和她的編號相互對換了。

而後悔恨交加的白薩，改以低姿態想要與阿瑟言歸於好，求他繼續愛她，即使說「收留」她也好。然而，一切都太遲了，阿瑟斷然地回絕了她，說再愛她已經不可能。

以上即瑞典國寶，現代戲劇之父史特林堡（August Strindberg）於一八八八年所作的家庭劇「同志」的內容。

至於劇中女主角，不只是史特林堡第一任妻子西瑞艾森的影射，簡直是依樣畫葫蘆，相異之處僅一人係女演員，另一人是女畫家。

原有前夫的艾森離婚後即與史氏結褵，她是當時有著貴族身分的新女性，婚後傾心嚮往於爬上演藝事業的高峰。追逐名利之外，她又生性浪漫，喜結交藝術圈朋友，過著放縱無度的生活。史氏既愛她，亦願成全她的事業野心，只有百般地忍辱負重。然而結婚到了第十四年，終於忍無可忍，史氏向法院提出離婚訴請。

「同志」收尾的一場戲裡，阿瑟把自己前額的頭髮掀起來，激憤地朝向白薩，他說：

「從前你一直不敢看我的額頭，因爲我的比你的高。過去我一直用頭髮把它遮蓋，怕你看了感到屈辱難過，但現在，我要掀開來讓你看看，是你自取其辱的。當初我委屈求全，把自己降格到你的水準，你卻不滿足！現在我倒叫你看見你眞正的自己；你實在差我差得遠！」

這場戲可說是史特林堡對當時西歐最時髦的婦解運動，所給予的迎面痛擊，他譴責當時解放後的女性，往往會變得像「白薩」一樣地強橫無理。她們追逐權位名利的慾望更甚於男性，卻沒有男性的義氣和負責。利慾薰心的女性，總爲達到目的不擇手段，罔顧遊戲規則，而且錙銖必較、需索無厭，一發不可收拾！

更卑劣的莫過於她們善於利用社會對女性的優遇來胡作非爲，僭越女性天生角色的本分，曲意地去挫辱其對手——男性。

當時的史特林堡，可說是名噪一時的女性「公」敵，尤其在與第一任夫人婚變之後。此後的好幾齣劇作，他率直大膽批評了這類女性的行徑，連帶地也諷諭了當時的女權運動支持者如易卜生之流。他認爲，主張兩性平等自立的觀念，不過是淺薄的理想主義；只要給予婦女工作機會和投票權，就可以解決兩性之爭的想法，未免太天眞。無數的事實也證明了建立在名義上，男女平等基礎之上的婚姻，即使不是鷄飛狗跳，夢魘一場，也都是不可能長久的。

時下的女性主義激進分子，或許要指責史氏把女人如此「看扁」，是根源於他個人幼年時失愛等不幸處境，而產生出日後病態的敵意心理，因此說他是偏執欠公正的。

史特林堡在世六十三年，他一輩子所留下的劇作、小說、歷史、文獻、科學、政治和語言學論集等等的質與量，若是常人，怕要忙死了好幾輩子也完成不了的吧。單就劇作方面就有五十八種，家庭劇爲主以外，還包括民俗劇、神話劇和歷史劇。西方現代派最著名的劇作家尤金奧尼爾、田納西威廉斯都是他的衣缽傳人。

我們驚顫於顯露在他作品中強有力的透視性的分析和判斷才能之餘，恐怕就不會單去苛責他的偏頗或病態了。就戲劇藝術的處理上，他傾力於演出技術和舞臺製作，而且著重要給予劇中的反角色充分表達、伸張和辯解的餘地，如此我們來體察他的反女性立場，當有著公允無私的動機和著眼點，應是不容置疑的。

一時異想天開，我想要是這位「女性終結者」今天還活著，若遇上了瑪丹娜這位超級「男性終結者」，到底會發生什麼？

關於瑪丹娜出版的「SEX」專輯，我們臺灣新生代的「女性學」學者讚頌著：「瑪丹娜出現於被反綁於海上的畫面，她所透露出的，非但不是女性柔弱求救訊息，反倒是一種與自然抗爭，或類似女性舉重選手的勁道之美，這使得男人在欣賞瑪丹娜裸體的同時，除了視覺震撼，甚至產生一絲恐懼，在在證明瑪丹娜女性意識之威猛……她要突破女性在舊有色情體系下，被動而無奈的角色。」

聽到這樣的「宣戰」和「警告」，史特林堡還會處變不驚嗎？

史氏曾說：「對女性厭恨的我的另外一面，卻構成對女性一種強大的吸引力！」

我們從他四次婚姻的對象一個比一個更年輕，更有「勁道」的事實來看，他擁有的這種吸引力眞也非比尋常。五十三歲的第三次結婚對象，是二十二歲的女演員哈麗葉（Harriet Bosse）。臨死還有一場「死前之戀」，對手是一位十九歲的藝術學院漂亮女生芬尼（Fanny Falkner）。

看來他愈痛恨女人，女人對他卻愈熱情有勁；他愈老，對手愈年輕！男性終結者與女性終結者兩極之間，具有爆炸性的吸引力可想而知，因此瑪丹娜若遇上史特林堡，或者也難逃一劫，嫁了給那老頭也說不定。從此瑪丹娜搞不好勃然一翻臉，就變成一個女權主義的叛徒和嘲諷者呢，誰知道？

再突發奇想。若魯迅不小心去翻到了那册「SEX」專輯或許會說：

「我看她是闊得不耐煩，所以只好成天耍顚了！」

八十二年二月二十四日「聯合報」

至悲喜極的刹那

日航波音班機於一九八五年八月發生五百餘人喪生的大空難。據說，起先是飛機發生爆炸，在空中盤旋，長達五分鐘之久，才終於墜毀。這架飛機中當時有一位名叫谷口的乘客，竟在那死亡分分秒秒倒數計時，死神腳步寸寸逼近之須臾，還拿出一枝筆，寫下一張留給妻子的字條：

「智子，請好好照顧我們的孩子。」

那提筆之際的谷口先生，究竟是一種怎樣的心情，雖說難以想像，但當人們突然遭遇意外，可能會經歷到一種「偉大的刹那」(great moment)的心靈洗禮，則是我所深信不疑的。

就在三、四年前一個飄雨的清晨，家人上學或上班都出了門，隔不很久，突然電話鈴聲大作，是某醫院急診處派人打來的，說是我的先生和兒子出車禍了。

事態想必非比尋常，否則怎會連電話都叫別人代勞呢？但我還是鼓足勇氣問傷勢是否嚴重，對方卻只說：

「嗯……你自己過來看嘛，醫院地址知道吧，要快來！快！」

掛了電話，先是一陣天昏地暗，然後腦袋裡映現出血肉模糊的大傷口，上藥、包紮、打點滴的大吊筒、輪椅、手術臺、刀子、鉗子等等驚怖的圖像，而且，「要快來！快！」

我開始做了一個深深的吸氣，並像是要去發動一部生鏽已久的引擎，強制下令自己的手和腳去做事，逼迫它們非要達成一定的行動效率不可！

然而梳頭、穿衣、穿襪子和開抽屜關燈鈕的那雙手，說什麼也無法全部聽命於意志，發顫個不停。

最後是撿拾手提包中該攜帶的證件、錢和鑰匙之類的工作，終於是用了那隻發抖的手完成了。

「大不了是世界末日，萬事皆休吧！」

當這個一切做最壞的打算的念頭一出現，不知怎地，驚懼之感便消退了許多。就這樣使我在外出家門之前，心中還能有餘裕，很是鎮定地檢視了一下屋內的狀況。

等到關好了大門，屏息凝氣，邁步前走的那時開始，心中竟輕飄忽忽地有種隔世新感；

外面的那些行人和車輛和一切活動，看起來都好像離我很遠，至少跟我無關了。

這時的心中，平日積聚的那些拉拉雜雜的妄想，百無聊賴的濁念，也全部都蕩然無存。除了這種雜碎事一掃而空的豁朗之感，自心底的最中央，彷彿有一股龐然的，盛大的什麼力量，冉冉地在上升在挺揚。

臨到了這麼一個無以名之的瞬息光景，一個人似乎會突然擁有超常的透視和包容力，脫卻了一切生活的微瑣和贅累的圍困，而升達至一個最高點。

人的赤眞的生命的原貌，會在這一剎那顯現。除了面對它，執念於它，被它全部擁有，我們已別無選擇，卻也心甘情願。然而，那至大至高的喜悅，只是那麼瞬息即逝的一剎那。

到了醫院，才看到先生和兒子是有驚無險，吉人天相。其餘之一切則已不在話下了。自從那次意外消息的突然傳來，使我經歷了那「偉大的剎那」，可說是一次心靈的洗禮，也是一次生命的充電，倒是意外中的意外了。

而法國艾立克侯麥所導的那部「綠光」（Le Rayon Vert）的輝起的剎那，則可說是另一次更難得的生命的充電。

她是個正在度假的年輕女子，揹著極簡單的行囊，一個人踏著寂靜的海濱岩階，一會兒拾級而下，一會兒又拾級而上，她偶或舉頭向天瞭望，又不時四下巡睃……在拍著這場戲的導演，可能從不叫NG，也從不給女主角任何小動作的指示的吧。

這段戲完全不配音樂，光聽得一波緊接一波，海沖擊著岩壁的浪濤聲，冷不防又自天空傳來寂寥的，無序的鳥鳴。隔了多年，也眞怪，電影中這段平淡得出奇的戲，卻老是留在我的記憶裡。

「綠光」是娓娓述說一個普通的公司女職員，暑夏前往鄉間海邊度假的一段歷程。

電影中我們只見她匆忙地從這地方趕到那地方；從大街來到沙岸，從親戚的別墅步往鄉間小路，但老是顯得一副若有所失的樣子。尋尋覓覓，悶葫蘆似地，總也開豁不起來，不耐的觀眾們看了是要氣結的。

但也看到她跟親人朋友們談話、野餐、嬉水什麼的，因此，也不能說她是個拒人千里之外的「怪胎」。至於她到底有什麼天大的事耿耿於懷，一時怕連她自己也說不上來的囉。

一旦向別人談起自己的心事，到頭來會覺得不談倒好，談論之下，反使原本很親近的人變得互相彆扭起來，自己的心結，也反而扭擰得更嚴重了。

總之一個人心中的難題，往往愈向人解釋愈糾纏不清。她便自己一個人來到海的岬岸。在大好的晴空之下，海濤永不歇止地拍擊著，襲捲著崖壁，正像是在訴說著它們無以名之的悲慟；而她自己雖在這平靜無事的假期生活裡，爲何心中卻也有著怎麼也釋不出的吶喊？

小小的苦悶，畢竟構不成什麼希臘大悲劇的。

然正如魯迅所言：

「人們滅亡於英雄的特別的悲劇者少，消磨於極平常的，或者近於沒有事情的悲劇者卻多。」

生活中除卻了意外的喜與悲，便只剩下常規與俗套，雖說安穩順當，但卻是蒼白低賤的。絕不是一個追求尊嚴與意義的生命眞正的渴求。許多人像那樣地一天天過著平安無事的日子，到頭來也都只是一種「近於沒有事情的悲劇」吧。

她跑到有人在做日光浴的沙灘，結識了一位北歐女人，她是專程來法國遊憩地找尋速食愛情的。

她們輕而易舉就釣上兩個男子，準備一人一個分而享之。但電影中的女主角這時候又變得興趣缺缺，不顧那男子的追逐而逃開了一場狗男狗女式的濫情。

或許，她並非自命清高，鄙視那北歐女子的輕佻大膽吧。而是深知此類即時行樂，一時消魂的行徑，過了狂歡的春宵，所有一切都會變成了海面上的泡沫浮渣。

生命來自它最中心的恆常的渴望，其實並不是什麼愛情、親情、友誼，甚至也不是工作努力成就所帶來的欣慰。那一切說來只是人們實際生活中暫時性的、邊緣性的需要罷了。擁有了那一切，卻完全無補於一個人仍要孤獨面對自己內在生命徒然無助之境遇。

然後，在夕陽西斜歸途，她瞥見一群老年男女，圍著一位鑽研「綠光」的專家，在興致勃勃地談論著。

所謂「綠光」是一種幸福之光，至悲喜極的剎那之光。它必須在某種適當的地理和天候的條件下，落日在全部跌進了海面地平線之臨前的一剎那（一秒鐘的幾分之幾吧），我們用肉眼可見到的由黃橙變紫青，再變爲最後的絕美的一剎那的綠輝！

眞正的幸福的閃現是非因果性的，是驟起的，是洩射的，也是潰決的一剎那！

電影接近了尾聲，女主角終於在候車室結識了一位很投緣的男子。在午後的海堤上兩人邊走邊談，她的神情已開朗愉快了許多。

這時她偶一抬頭，看見路邊一家賣紀念品的店舖的招牌，竟赫然就是「綠光」的字樣。她笑了。

男伴問說：

「笑什麼？」

她暗喜道：

「啊，沒什麼？」

紅日終究墜入了海面的地平線。只聽得坐在海濱岩石上的她，傾身依偎進了那男子的懷抱。最後，從整片黑暗的銀幕深處，發出一聲尖銳的狂呼。然後，劇終。

時間的眞義，永恆的奧秘，生命的究竟，生活的至情，終於獲得了一次釋放。雖然，它注定只有一剎那！

八十二年五月一日「聯合報」
八十二年七月一日「世界日報」
「在綠光咖啡屋聽巴哈讀余秋雨」（爾雅）選刊

荒謬英雄

「治大國有若烹小鮮」這句妙語是要說給那些「治大國」的人聽，以便他們在茶餘酒後可以撚鬚一笑的。對於一個每天都非「烹小鮮」不可的人而言，這句妙語是無論怎樣也「烹」不出它的妙處來的。

說起日日「烹小鮮」這種工作的乏趣單調，尤其是那日復一日沒完沒了但又徒然無功的這一層性質上，和那希臘神話裡遭天譴的薛西弗斯所受的苦刑，倒很相近。

在那地老天荒的冥境站立著的薛西弗斯，只為戀棧人間世界那溫煦的陽光，那閃亮的海，那炙熱的海邊岩石，也必得付出代價。他終於受到天神的詛咒。現在，他必須面對懲罰。

他滿身汗水和泥漿，緊繃著石雕般的很希臘的臉，全身突綻起的碩實的肌筋。他用寬闊的肩頭支頂著，他用孔武有力的雙掌推舉著一塊巨石，緩緩上攀。

好不容易抵達了山巔。但須臾之間，那土塵翻飛的巨岩轟隆隆地滾下了山去。於是，臾林帕斯山上的男女眾神們樂不可支，開懷大笑了。

這位被懲罰者開始了他的覺醒。但又深知天神的詛咒無可收回，一次復一次地那被推至山頭的石塊向山下滑落，薛西弗斯終於參透了天機，他的啞然失笑終於變成譏諷的爆笑，最後，他自嘲為荒謬英雄。

薛西弗斯是可悲嘆的。但畢竟那是一齣戲，一則神話，它只是抽象的演出，它只活在我們的想像之中。

但日日烹小鮮可不是一齣戲。那小小廚房中的所有的鍋盆瓢碗可都不是擺樣子的道具，那手忙腳亂黃著一張臉孔的家庭主婦也不是做假的。

然而，一個人在廚房裡，揀起一莖豆芽菜，一折為二的這類的動作，不管重複做多少次，是無論如何也悲壯不起來的。

要蒸一條比巴掌大不了多少的魚，才想起生薑在上次用完了，卻意外地從冰箱的角落搜出半截來，不勝欣喜之餘，又發現鹽罐子裡空空如也，心想再怎樣掏括也括不出讓一條魚抹遍的分量，於是十分挫折，非出去跑一趟附近的小店不可。走在路上，又為自己出門前到底有沒有關掉瓦斯爐而憂心忡忡……

像這一類事件，我想，無論發揮多大的創造和想像力，怕也是發展演變不到引人深思、可歌可泣的程度的。

所以，推石上山的薛西弗斯的懲罰其實是子虛烏有，日日烹小鮮的家庭主婦的苦刑卻是眞刀實槍，一點不假的。薛西弗斯被文學大師卡繆册封爲荒謬英雄，但境遇一樣荒謬的家庭主婦則什麼東西都不是。

每當我讀書寫字入了神，偶或瞥見腕錶指著的，已然是去廚房煮飯的時刻了。這時，我變成了站立在山頂上的薛西弗斯，眼睜睜地望著自己費盡九牛二虎之力推至山頂的巨岩，頃刻間已然嘩啦啦地滾下了山崖。

卡繆說，這時的薛西弗斯心沈臉變，無可奈何步下山去，開始意識到他的苦刑不過是徒勞無功，永無止境的一件吃力但乏味的工作的重複；他對於那些高高在上，用如此卑鄙方式來懲治他的天神，不再存一絲敬意，而反唇相稽了。

薛西弗斯用他自己的方法，戰勝了天神。

而這荒謬的勝利法，總不免叫人想起阿Q的勝利法，以及阿Q的創造者魯迅先生。

「把這薛西弗斯和這阿Q兩人生湊死拼在一起是不成的。」

這時，掛在壁架上那張從書刊裡剪下的魯迅玉照似乎有話要說了：

「況且，你何必一定要讀什麼書，寫什麼東西呢？你若是一個字也不認得，一個字也寫不出，這世上也沒有誰會活不下去。但你要是不去煮飯，倒是有可能有人會餓死，而光這餓就是一件叫人不舒服的事。」

話是這麼說，但魯迅先生自己對於做飯吃飯之類的事，也並不是沒給以怨怒之色的，只是下筆很輕罷了。在一篇叫〈傷逝〉的短篇小說裡，那位準家庭主婦子君就受到了如下的責難：

……每日的川流不息的吃飯，她的功業，彷彿就完全建立在這吃飯中。吃了籌錢，籌來吃飯，還要餵狗、飼鷄……

爲人畜做飯開飯是一種「功業」，這位叫人服氣的魯先生既也如此說，那麼，當下即是，闔起了書本，丟了紙筆，毅然決然開步走向我那日復一日在建造著「功業」的小小廚房去也。

不論遠方發生了什麼石破天驚之事，近處就有人在殺人放火，在賣雛妓，人的日子總是要過的。一個家，只要今天還有活著的人，總得馬不停蹄地籌備做飯、開飯、收拾、清洗整理、再準備做飯……

記得前不久「悲情城市」的侯導演在接受日本NHK衛視臺訪問時，當時就跟訪問他的記者說出了這意思，「所以，在這部影片裡有人在吃飯的鏡頭非常多。」

至於這做飯的大功臣家庭主婦，到底在搞些什麼，她們的處境如何，我們中國人的導演之中，似乎很少有誰關心，也沒人有興趣。

一九六〇年「荒謬英雄」的創造者卡繆謝世，同年倒有一位日本導演新藤兼人，創造了一位荒謬的家庭主婦——「赤裸之島」的乙羽信子。

往返於瀨戶內海一座荒涼的離島和內陸小鎮之間，每天川流不息地挑水，是她的苦役。雖有丈夫爲伴，但同樣做著苦役的他，非但不是相互依持慰藉的對象，反而是嚴厲的監工。她弱薄的身子，挑著一擔又一擔的活命之水，在崎嶇蜿蜒的山路上顫巍巍地攀行，日復一日，永無息時。

除了要服這相當於薛西弗斯般沈重、單調而徒然的苦刑，還有忙不完的炊事、家計和照料小孩，因此乙羽信子的苦刑是雙重的，她的荒謬的境遇是雙倍的。

然而，這位導演和其他大多數的日本男性，對家庭主婦的日常工作，似乎不是採取我這種觀點。

在一本電影書籍中，記載著新藤兼人自已想要表現的是，女性比男性更能忍受什麼都不是的行爲的不斷的重複。因而，他把這什麼都不是的行爲的重複，以令人感動的手法呈現，捨棄使用戲劇和故事，而欲直接從生活工作的瑣碎裡頭，去捉住生命的實體。

換言之，對於徒然無酬的微瑣的重複再重複的家庭主婦工作，他和許多人都認為是可以用崇揚和提升的眼光去欣賞的。另外一位日本導演小津安二郎更是如此。

以「秋刀魚之味」為中心的小津系列的「家常味」影片，無非是娓娓道出了日本的庶民家庭成員們，如何努力地在把家庭生活的步調和行程納入常規，像一列火車，守著固定的時刻，熱切匆忙地在行駛。像跳動的潺潺溪流要堅持地頑強地流下去，活下去。

「東京物語」中那個典型的日本家庭主婦，繫著一條永遠簇新筆挺的圍裙，在廚房和玄關兩點之間忙進忙出，她以稍微拔尖拉緊的語聲責備孩子為什麼不去做功課。她去接待來客，與客人之間，她總也用著一種主從尊卑和親疏分明的，不勝厭煩囉嗦之至的對話。但不知怎地，如此這般一個家的生生不息，和暖融融的生活氣氛和韻致就這樣產生，而成為人們死皮賴臉地也要活下去的誘因了。

無疑地也是人世間生活好景戀棧者的導演，以尊貴的大仰角鏡頭，將她窄裙裡微顯寬膨的臀部的擺動，也就拍攝得十分荒謬地威風凜凜起來了。

八十二年七月八日「世界日報」

男人，你的名字是女人

威廉赫特是一位軒然昂藏，秉賦優異的電影演員。光從他那舉止言談斯文儒雅的外貌上，絕對找不出一絲脂粉氣。

然而在他稍早主演的「蜘蛛女之吻」影片中，演一個嚮往癡迷於浪漫愛情的同性戀者，將那種非常女性的意欲情思，表現得令人驚嘆。

影片中他的入獄不過是當局派下來的臥底密探。但在那監禁的陋室中，每日與那位本質良善的政治犯相對，他以講些戰時的愛情故事自娛娛人。在娓娓生動地述說著那些羅曼蒂克的悲淒的愛情場景和氣氛時，他便開始想像自己就是那深戀著德軍軍官的法國標緻的女歌伶。啊，她那冷豔傲世的外表下，如何深藏著強抑著火熱的爆發的情慾……

一開始觀眾看到一個大男人在那裡扭捏作態，不免會有難以接受之感，但隨著演出的進行及故事的發展，觀眾從突兀進入了習慣和自然，直到威廉赫特向那同囚的男子終於傾吐了衷情，而不得不叫人眞正去同情一個同性戀者的處境了。

我個人的發現是，威廉赫特的表演女性，並不是在做「模仿秀」，簡直是將一個男人心中早已存在的女性天質，透過高水準的表演技巧，原原本本和盤托出了。反覆地看過這部影片，才終於深深了解同性戀根本不是什麼乖異行爲。人類雖極少是雌雄同軀，但雌雄同「心」的人實在是比我們想像中多得多。

每個男人不可能全都是男性性向，女人也不可能全是女性性向，至於一個人的性別性向有多少比率屬男多少屬女，則又絕非固定不變的。一個正在大發雷霆的女人，這時候她的男性性向的比率可能高達百分之九十九。

而演「蜘蛛女之吻」的威廉赫特，尤其當他在爲獄中的同囚男子擦洗身上的排泄污物，全不露一絲嫌惡之色的那段戲，可說是母性的宗教精神般的寬赦和體察之情的極致表現。

如果不是那表演者自己本身原就有著偏高比率的女性性向，硬演生做，恐怕最多只能演到做「模仿秀」的程度，絕對不可能那麼逼眞。

月前曾在國家劇院由日本蜷川劇場演出的一齣西洋經典悲劇「美地亞」，蜷川先生把美地亞這位因愛人的背恩忘義，而以燒死情敵，殺自己的兒女以雪恨的希臘神話中的「番女」，用男性演員著女裝演出，是很可理解的事。

因爲當妒恨之情升高膨脹到非以生死賭注不足以消仇息怒的時候，只有用男性演員，才能達到人格的僨張與爆裂的強化效果。女演員雖也有剛烈的一面，但戲劇既要求效果，還是以剛烈性十足的男人演出來得「正點」。

我國京劇名人梅蘭芳，以一名男演員終其一生全然扮成極端女性化的角色而登峰造極，我則認爲在骨子裡那仍只能算是一種非常精緻的「模仿秀」。京劇的基本精神在於壓抑演員的本性，而發揚所表演的角色的特徵。因此梅蘭芳的演旦角，是要演好戲中的女角本身，而不是要把梅氏自己的女性的影子搬出來。

爲了要讓反串的演出不至於變成「模仿秀」，蜷川先生的另一創意是讓應該是女人的「美地亞」發出男人的聲音，以壯大那復仇的氣焰與聲勢。

於是蜷川所詮釋的「美地亞」這齣戲，眞可謂是陰錯陽差，雌雄同心的具體呈現了。

讓一個男人演女人，給他帶女乳，著女裝，卻以男人聲帶說話，這樣的安排與其說是爲了戲劇效果的目的，不如說是道盡了這世界兩性間的一個眞理，那就是：

「男是女來女亦男，陰有陽來陽帶陰。」

許多年前，臺灣對凌波的梁山伯角色的風靡盛況，或許是許多不同的複雜因素匯合形成的社會集體現象。但每個人心中多多少少所存在的同性戀傾向，欲獲得短暫的釋放，莫非不是一個關鍵的原因吧。

人人都不免心嚮往之的那多情細膩、風流倜儻，卻又會裝假正經的梁山伯居然就在凌波的舉手投足間再現，甦活了起來。女觀眾們大可以向梁兄哥投懷送抱而不必顧忌或害羞，因爲「反正梁兄哥也是女的」。女人喜歡女人，「有什麼關係?!」

至於男觀眾呢，恐怕主要還是迷戀凌波所扮的男性的這個角色，而不是喜歡凌波這個本來的女人。因爲在男觀眾之中，其實有不少是帶點威廉赫特的傾向的。他們有著女性般地對美麗悲淒的「梁祝」戀情，如飢似渴地期待能在自己的身上發生的非非之想，很多事其實不必遠求，在自己的身邊卽可得到印證。

那天與我一同去電影資料館觀賞「蜘蛛女之吻」的管管先生，據他說這部影片也不止看過三、四回了。

爲什麼他也偏愛這部影片，我以爲這和多年前男觀眾喜愛凌波的道理很類似。換言之，透過凌波和威廉赫特他稍稍滿足了現實生活中不可能的欲求。我和他，以及大多數的男女老少，大家都不免有著不同程度的同性戀的「性趣」。

此外，輕微的同性戀傾向實在也有它的好處。有了它，男女之間倒能維持長久的「同性」友誼關係。

相識以來，管管和我算算已是三十年的朋友了，而且一直是水與蜜摻和得濃淡相宜的交往。

這一位管管先生稱得上是昂藏七尺之軀，陽氣鼎盛的典型男性了，至少在外表給人這樣的印象。但他不止一次地跟我說過：

「我一生就想能有一個大姐姐樣的女人照顧我、疼惜我，偏偏，偏偏我找到的每個女人，都是要靠我來照顧她們、疼惜她們的不懂事的小女兒！」

可見，一個「大男人」內心所藏著的依賴和脆弱的女性傾向，簡直比許多「小女人」要強一百倍都不止。

因此，我想說，男人，你的名字是女人！

八十二年六月二十六日「中華日報」

三人行

許多文學家臨老，不免開始回憶自己這一生的種種事蹟。那些別人看來是大功大德的事情，他們總會說，唉！那是虛枉一場，還是少提不提爲妙。至於別人眼中那些不堪的，窩囊的，見不得天日的胡作非爲，於他們反倒是最具價值，足以反覆吟咏回味的。而於男性，這些事，又十之八九鐵定是和妓女有關的。如果這世上沒有妓女，多少文人雅士是要感到虛度了一生一世的大好時光吧！

莫泊桑的師父福樓拜爾寫過一本小說，叫做《情感教育》。說有兩個傢伙，一個叫做摸羅（Moreau），另一個叫做呆洛立埃（Deslauriers），兩人從小同學，但性格不同，家庭背景及日後所走的人生道途亦各異其趣。然而到了最後都一樣，都徒然枉費了一生，虛度了歲月。兩人的事業與愛情，皆告失敗。

許多年之後，當他們又相聚時，已經都是五、六十歲的人了，只能從回憶裡去追溯當年那些好時光。而他們最為得意的一件事，不是別的，居然是他們少年時代，有一天，捧著一束鮮花，打算獻給妓院裡的一名姑娘，結果因勇氣不足，才聽到腳步聲便雙雙落荒而逃的狼狽情景。

三十年前，我也有幸也不幸認識過一對活寶。

我們且把一個稱為「摸摸」，因為當年他最喜歡去到那伸手不見五指的，只能東摸西摸的所謂有「雅座」的咖啡館。另一個嘛，不妨叫他做「呆呆」，只因他見不得別人談到「存在主義」，才一聽到「存在」兩字，他便會先楞住，呆若木鷄，然後才展開一場廝殺，如同鬥鷄。

記得那天傍晚，臺北衡陽路華燈初上，摸摸和呆呆從某家咖啡館走出來。閉著眼睛我也知道他們是穿過武昌街到桃源街。來到桃源當然不為看桃花，而是一人吃一大碗公的蹄「花」麵。

畢業卽是失業的摸摸，從第一口到最後舔乾抹盡，照例是不發一言，恪守著食不語的古訓。呆呆則不吃蹄花則已，一吃便照例要眼淚鼻涕和著汗流，在臉上開花結果，子孫繁衍，沒完沒了起來。

沒完沒了總也有個完了的時候，於是大家拍拍空空如也的口袋，照例是要呆呆付帳。因爲摸摸每次都有一個理由，也是同樣一個理由：早上他向妹妹借的錢都是去了雅座，不知怎樣一不小心就一文不名了。

讓呆呆請客沒關係，摸摸每次都說，反正他家有錢，他買的原版洋文書至少也有好幾十噸！

蹄花謝了春紅，太匆匆。此後他們準備去做什麼，我並不清楚，但見一個印堂發亮，另一個額角生輝，心想總是去做比拿一束鮮花，打算去送給一個妓女更有趣一點的事囉。

摸摸是那次探險的領隊，我們走出了桃源街口不久，巷子暗處的屋牆後突然竄出了一個全身黑衣，像越南農民的中年人，土裡土氣的，只差沒戴笠帽。摸摸見勢連忙搶身趨前，跟他嘰咕了一陣。

接著摸摸瞄我一眼，他的意思我明白：

「讓你跟來也無妨，若吃了虧，我們不負責任！」

他又和呆呆商議，結論大致是「她雖礙事，但也不太礙事」，所以我就這樣跟班跟到底了。

黑衣人走在很前頭，我們三人緊隨不捨。但他穿一身黑，在黑夜的黑巷子裡拐進拐出，我們只差一點就變成三張斷線風箏，要不是他每次在轉角處，總老老實實回頭示意轉身的方向的話。

那個年代在臺北大家沒事就往西門町，除了看電影就是窮壓馬路。在這一次追隨那黑衣人在巷弄間左拐右彎，探進引出，終於才見識到西門町內部的五臟六腑，竟是這般地曲折而奇險。終於知道平日的逛西門町，只不過是在它漂亮的臉孔上，從小鼻子到小嘴巴之間反覆來去而已。

和那晉代的漁人的遭遇剛好相反。他是來到了山窮水盡之處終於發現了柳暗花明的桃花源。我們則是從柳暗花明的西門町，走進了山窮水盡的殘破人家。

三十年前，我們彷彿又走進離我們三十年前的一個時空，那時，我們尚未出世。一間六坪大的悶濕的小屋。昏黃的小小電燈泡下，照射著散置的、破舊的家具。從粗糙的擺設和家用品隨意堆置的情形判斷，這家人顯然從偏遠的鄉間搬來不久。正對著門是張木板床，倚著牆角的床頭還垂掛著，皺巴巴的軍用蚊帳。房間裡唯一較平整而乾淨的東西，是我們一進門就看到的，床沿上方張貼在牆壁的一大塊白布。那就是這一家人的謀生工具。一個儀容全無修飾的婦人，即使年輕也顯不出什麼光彩，她坐在枕頭上，手中抱的嬰兒，約莫七、八個月大的樣子。

婦人看見我們進來，似乎有點慌亂。打招呼時帶著歉意，因爲那幼兒似乎發現家裡有人來，就開始大哭，怎麼哄也無效，就像是橫了心，要跟他父母的謀生之道作對似的。

分坐在幾張竹椅上的我們三人，這時並不關心那張貼壁的白布將會有什麼花樣。我們的注意力，不得不分散爲兩頭。

這一頭是那小孩愈來愈沛然浩大的哭聲，另一頭是那黑衣父親在搞那部電影放映機。只見他一邊搬搬弄弄，左瞄右瞧，一邊不斷用手背擦去從額頭淌下的汗水，一溜溜地。

那機器彷彿說巧不巧地就在這個要緊的時刻，什麼地方卡住了，發動不起來。

除了存在主義，呆呆近來又不知怎地熱中於歷史的唯物主義思想，與無產階級革命意識。這一對從僻遠的鄉村流落到城市的黑暗角落的夫妻，如何地在疏離的、無奈的、荒謬的境遇下討著生活，此刻就在他的眼前殘酷無情的，赤裸裸地展開來，他的內心是如何波瀾壯闊地在辯證和聲討啊！

曾在進入中文系之前，在工專讀過一年電機系的摸摸，走到那部機器前，幫人家去摸了摸，終於也摸不出名堂，看不出個究竟，只好再回來跟我們並列坐著。他從衣袋裡掏出了香菸。

「也不看看人家屋裡有小孩，怎麼好吸菸！」

呆呆趕緊出手制止。

那母親卻從披散的頭髮裡露出了笑意，她先對我們說：

「不要緊啦，吃菸不要緊啦！」

然後又粗聲粗氣地斥責在搞機器的丈夫：

「卡緊啦，害人客已經等了半天，還未好！」

呆呆做代表說：

「莫要緊，莫要緊，讓伊慢慢『用』。」

然後他指一指白布幕對孩子的母親說：

「這……給小孩子看，比較不好吧？」

彷彿早在三十年前，呆呆就有著今日環保熱心人的仁者胸懷。但以現在正流行的術語說，那孩子的母親倒像是個後現代主義者了。她對呆呆說，表情十分天眞：

「什麼？我們這囝仔？伊就是專門要看那個，看了才會乖乖睡著哪！」

只知道有催眠的搖籃歌，哪知道還有教小孩子進入美夢的「搖籃電影」咧！恐怕連佛洛依德也要伸舌頭了。

如今算來，當年那個七、八個月大的幼兒，現在也該將近三十歲的人了。不用說，他如今看A片，就像喝雀巢奶粉一樣，因爲，「我們就是『看』這個長大的呀！」

「搖籃電影」終於在那間充滿哭聲和熱悶氣的小屋裡，「搖」晃了起來。我們大家也都振奮了起來。但與其說是爲了將能看到那白布幕上的什麼好東西，不如說是爲那折騰了一個多小時的「機師」，終於能成交一筆生意。

至於那個如今已快三十歲的嬰兒，那天似乎特別對搖籃電影產生了反感。當影片如火如荼地進行，他只是從頭哭到尾，那伴奏不曾間歇。

我們看了兩齣，那機師只在第二齣開映時講了一句話：

「這是香港片！」

機師決定放這齣香港片，莫非是衝著「觀眾」而來。影片內容不是別的，是兩男一女的「三人行」。

兩個男的都帶墨鏡，在什麼僻無人煙的荒郊野地捉到了一名狀至驚慌的女人。

「這種女人都是妓女去演的，所以不必戴墨鏡。」

摸摸很在行地在一旁加評註。

那女的就範之後，二男便石頭剪刀布，看誰贏誰先上，輸的那人倒也沒閒著，因爲還可以「使用」她的上半身。

看完「三人行」我們又搭車來到碧潭。畢竟那時還沒人敢裸泳。於是，如今聚在一起都是五十上下的這二男一女，便在碧潭的沙石岸邊曬起月亮來了。一直曬到巡邏警察手持電筒將之驅離爲止。

警察尚未出現之前，女的說：

「我攔腰切斷爲二，你們石頭剪刀布，你們誰贏的話，是要上面還是下面？」

「我要上面的一截，至少上面有個人頭可說說話兒！」一個男的說。

「那我只好『用』下面那一截啦！」另一個似乎覺得已得其所哉！

各自作鳥獸散，打道回府之前，兩個男的才只好眞的石頭剪刀布起來，但誰都希望自己輸，因爲說好贏的人必須叫車子送女的回家，要花錢。

八十二年七月二十日「聯合報」

三民叢刊書目

①邁向已開發國家　孫　震著
②經濟發展啓示錄　于宗先著
③中國文學講話　王更生著
④紅樓夢新解　潘重規著
⑤紅樓夢新辨　潘重規著
⑥自由與權威　周陽山著
⑦勇往直前
・傳播經營札記　石永貴著
⑧細微的一炷香　劉紹銘著
⑨文與情　琦　君著
⑩在我們的時代　周志文著
⑪中央社的故事(上)
・民國二十一年至六十一年　周培敬著

⑫中央社的故事(下)
・民國二十一年至六十一年　周培敬著
⑬梭羅與中國　陳長房著
⑭時代邊緣之聲　龔鵬程著
⑮紅學六十年　潘重規著
⑯解咒與立法　勞思光著
⑰對不起,借過一下　水　晶著
⑱解體分裂的年代　楊　渡著
⑲德國在那裏?(政治、經濟)
・聯邦德國四十年　郭恆鈺 許琳菲等著
⑳德國在那裏?(文化、統一)
・聯邦德國四十年　郭恆鈺 許琳菲等著

㉑浮生九四
・雪林回憶錄　蘇雪林著
㉒海天集　莊信正著
㉓日本式心靈
・文化與社會散論　李永熾著
㉔臺灣文學風貌　李瑞騰著
㉕干儛集　黃翰荻著
㉖作家與作品　謝冰瑩著
㉗冰瑩書信　謝冰瑩著
㉘冰瑩遊記　謝冰瑩著
㉙冰瑩憶往　謝冰瑩著
㉚冰瑩懷舊　謝冰瑩著
㉛與世界文壇對話　鄭樹森著
㉜捉狂下的興嘆　南方朔著
㉝猶記風吹水上鱗
・錢穆與現代中國學術　余英時著

㉞形象與言語
・西方現代藝術評論文集　李明明著
㉟紅學論集　潘重規著
㊱憂鬱與狂熱　孫瑋芒著
㊲黄昏過客　沙究著
㊳帶詩蹺課去　徐望雲著
㊴走出銅像國　龔鵬程著
㊵伴我半世紀的那把琴　鄧昌國著
㊶深層思考與思考深層　劉必榮著
㊷瞬　間
・轉型期國際政治的觀察　周志文著
㊸兩岸迷宮遊戲　楊　渡著
㊹德國問題與歐洲秩序　彭滂沱著
㊺文學關懷　李瑞騰著
㊻未能忘情　劉紹銘著

(47) 發展路上艱難多　孫　震著
(48) 胡適叢論　周質平著
(49) 水與水神・中國的民俗與人文　王孝廉著
(50) 由英雄的人到人的泯滅・法國當代文學論集　金恆杰著
(51) 重商主義的窘境　賴建誠著
(52) 中國文化與現代變遷　余英時著
(53) 橡溪雜拾　思　果著
(54) 統一後的德國　郭恆鈺主編
(55) 愛廬談文學　黃永武著
(56) 南十字星座　呂大明著
(57) 重疊的足跡　韓　秀著
(58) 書鄉長短調　黃碧端著
(59) 愛情・仇恨・政治・漢姆雷特專論及其他　朱立民著
(60) 蝴蝶球傳奇・真實與虛構　顏匯增著
(61) 文化啓示錄　南方朔著
(62) 日本這個國家　章　陸著
(63) 在沉寂與鼎沸之間　黃碧端著
(64) 民主與兩岸動向　余英時著
(65) 靈魂的按摩　劉紹銘著
(66) 迎向眾聲・八〇年代臺灣文化情境觀察　向　陽著
(67) 蛻變中的臺灣經濟　于宗先著
(68) 從現代到當代　鄭樹森著
(69) 嚴肅的遊戲・當代文藝訪談錄　楊錦郁著
(70) 甜鹹酸梅　向　明著
(71) 楓香　黃國彬著
(72) 日本深層　齊　濤著

⑬美麗的負荷

封德屏 著

本書是作者從事寫作的文字總集。有少女時代所寫，如詩如歌的雋永小品；更有以求眞存眞的態度詳實記錄而成的報導文字，對象涵蓋作家、影劇圈、藝術家等文藝工作者的訪談記錄。值得有心人一起駐足品賞。

⑭現代文明的隱者

周陽山 著

生爲現代人，身處文明世界，又何能自隱於現代文明？本書內容包括散文、報導文學、音樂、影評、書評等，作者中西學養兼富，體驗靈敏，以悲憫之心關懷社會，以詳贍分析品評文藝，是學術研究外，結合專業知識與文學筆調的另一種嘗試。

⑮煙火與噴泉

白靈 著

本書詳盡的評析了新詩的源起及演變、臺灣詩壇的今與昔，除介紹鄭愁予、葉維廉、羅青等當代名家的詩作及創作理念外，並給予初習新詩者的入門指引，值得想一探新詩領域的您細細研讀。

⑯七十浮跡

·生活體驗與思考

項退結 著

本書是作者一生所思所悟與生活體驗。從青年時米蘭求學，到「哲學之遺忘」的西德八年，再到主持《現代學苑》實踐對文化與思想的關懷，最後從事教學與學術研究的漫長人生歷程。雖是略帶有自傳性質，卻也反映了一個哲學人所代表的時代徵兆。

⑦⑦永恆的彩虹　小民　著

問世間情是何物，怎教人如此感念！環遶家園周遭的倫理親情、憶往懷舊的大陸鄉情、恆久不渝的溫馨友情……，是多麼的令人難以忘懷。本書作者以平和的語氣、平實的筆調，娓娓道出人世間的種種至情，讀來無限思情襲上心頭。

⑦⑧情繫一環　梁錫華　著

寫作是件動腦動筆的事，使人保持身心熱切，而創造性的熱切是有助健康和留住青春的。本書作者以其悲天憫人的襟懷，寓理於文，冀望讀者會心處，除了青春、健康外，另有所得。

⑦⑨遠山一抹　思果　著

本書是作者近二十年來有關文藝批評、中英文文學、語文、寫作研究的精心之作。作者學貫中西，探究深微，以精純的文字、獨到的見解，寫出篇篇字斟句酌、妙筆生花的佳作，令人百讀不厭。

⑧⓪尋找希望的星空　呂大明　著

在人生的旅途中，處處是絕望的陷阱，但晚星的光芒是黎明的導航員，雨後的彩虹也會在遠方出現，絕望銜接著希望，超越絕望，希望的星空就呈現在眼前，願這本小書帶給您一片希望的星空……

⑧¹ 領養一株雲杉

黃文範 著

有人說，散文是作家的身分證，對譯人何嘗不是如此。本書是作者治譯之餘，跑出自囿於譯室門外自遣的心血結晶，涉獵範圍廣泛，文字洗練而富感情，展現作者另一種風貌，帶給讀者一份驚喜。

⑧² 浮世情懷

劉安諾 著

本書是作者以其所思、所感、所見、所聞，發而爲文的結集。作者才思敏捷，信手拈來，或詼諧、或雋永，皆屬上乘。在這匆遽忙碌的時代，不妨暫停一下，此書當能博君一粲。

⑧³ 天涯長青

趙淑俠 著

文藝創作者身處他鄉異國，該如何面對因文化差異所帶來的困擾？本書所描寫的，是作者旅居異域多年的感觸、收穫和挫折。其中亦有生活上的小點滴，時而凝重、時而幽默，清晰的呈現出東西文化的異同風貌，讓讀者享受一場世界文化的大河之旅。

⑧⁴ 文學札記

黃國彬 著

作者放眼不同的時空，深入淺出地探討文學的現象、趨勢，以至個別作家的風格，舉凡詩、散文、小說、文學評論等，都能道人所未道，言人所未言，把學問、識見、趣味共治於一爐，堪稱文學評論集的佳作。

㊺ 訪草（第一卷）

陳冠學 著

本書是作者於田園生活中所見所感之作，內有田園畫，有家居圖，有專寫田園聲光、哲理的卷軸。喜愛大自然田園清新景象的讀者，將可從中獲得一份未曾預期的驚喜與滿足；另有一小部分有關人性與人生哲理的文字，則會句句印入您的心底。

㊻ 藍色的斷想

·孤獨者隨想錄

A·B·C全卷

陳冠學 著

本書是作者暫離大自然和田園，帶著深沉的憂鬱面對人世之作。一路上你將有許多領略與感觸，時或有天光爆破的驚喜；但多數時候，你的心頭將披著一襲輕愁，甚或覆著一領悲情。這是悲觀哲學，卻是被熱情、關心與希望融化了的悲觀哲學。

㊼ 追不回的永恆

彭歌 著

本書是《聯合報》副刊上「三三草」專欄的結集。作者以其犀利的筆鋒，對種種社會現象痛下針砭，冀望這些警世的短文，能如暮鼓晨鐘般，在這變亂紛乘的時代，起著振聾發聵的作用。

㊽ 紫水晶戒指

小民 著

俗世間的珍寶，有謂璀燦的鑽石碧玉，有謂顯榮的列鼎封侯。其實生活就是人生最美的寶物，不假外求。非常喜愛紫色的小民女士，以她一貫親切、自然的文筆，輯選出這本小品，好比美麗的紫色禮物，要獻給愛好文學也愛好生活的您。

㊇心路的嬉逐

劉延湘 著

本書筆調清新幽默，論理深刻而又能落實於生活踐履。走一趟作者精心安排的「心路」之旅，您將莞爾一笑，心情頓時開朗。而您也將發現，原以為只是一條山間小路，結果卻是風景優美，鳥語花香的舒坦大道。

⑩情書外一章

韓秀 著

情與愛是人類謳歌不盡的永恆主題，它爲空虛貧乏的現代生活加添了無數的色彩。本書記錄下了作者在日常生活中感受到的親情、愛情、友情及故園情，在書中點滴的情感交流裏，在這些溫馨的文字中，我們是否也能試著尋回一些早已失去的東西。

⑪情到深處

簡宛 著

本書是作者旅美二十五年後的第二十五本結集。身爲一個教育家，作者以其溫婉親切的筆調，寫出篇篇充滿溫情的佳構，不惟感動人心，亦復激勵人性。將愛、生活與學習確實的體驗，眞正感受到人生的有情，生命也因此生意盎然。

⑫父女對話

陳冠學 著

一位老父與五歲幼女徜徉在山林之間，山林蓊鬱，山泉甘冽，這裏自有一份孤獨的甘美。本書是記述作者父女在人世僻靜的一個角落，過著遺世獨立生活的文字畫。舉世滔滔，這應是一面明鏡，堪供讀者對照。

⑨③陳冲前傳

嚴歌苓 著

在好萊塢市場，多少人一夜成名直步青雲，又有多少人一朝雲中跌落從此絕跡銀海。身爲一個中國人，陳冲是經過多少的奮鬥與波折，身爲一個聰慧多感的女子，她又是經過多少的心路激盪，才能處於這洶湧波滔中。本書將爲您娓娓道出陳冲的故事。

⑨④面壁笑人類

祖慰 著

本書是有「怪味小說派」之稱的大陸作家祖慰，在巴黎面壁五年悟得的佳構。他的散文神遊八荒，情貫萬里，將理性的思惟和非理性的激情雜揉一起。讀其作品既能吸收大量的科普知識，又可汲取其飄逸文風的美感享受。

⑨⑤不老的詩心

夏鐵肩 著

夏先生一生從事文化工作，大半心力都用在鼓勵培植有潛能的青年人，助他們走上文學貢獻之路。而他本身亦創作出不少的長短佳文。本書收錄計有：詩詞小品、散文、方塊評論等。作者一顆不老的詩心，洋溢在篇篇佳構中。

⑨⑥雲霧之國

合山 究 著

使中國風土之特殊性獨具一格的，與其說是天地的廣大，不如說是因塵埃、雲煙等而爲之朦朦朧朧的自然空間吧！精氣、神仙、老莊、龍、山水畫、奇書等，其產生是有如何玄妙的根源啊！就以「雲霧」爲起點，讓我們一起走進這美麗幻夢般的世界。

⑨⑦北京城不是一天造成的　喜樂　著

打從距今七百五十多年前開始，北京城走進歷史的繁華紛亂。現在，且輕輕走進史册中尋常百姓的那頁，一盞清茶、幾盤小點，看純中國的挿畫、尋純中國的足跡。由博學多聞的喜樂先生做嚮導，就讓你我在古意盎然中，細聆歲月的故事。

⑨⑧兩城憶往　楊孔鑫　著

霧裡的倫敦、浪漫的巴黎，除此之外，這兩城你可還留有其他印象。本書是作者派駐歐洲新聞工作二十多年的記錄。透過作者敏銳的筆觸，且讓讀者徜徉在花都、霧城的政經社會、文化藝術、風土人情以及歷史背景中。

⑨⑨吹不散的人影　高大鵬　著

時代替換的快速，不知替換了多少人生舞臺上出現刹那的面孔；而人類，偏又是最健忘的族群。本書中所收錄的文章，均是作者用客觀的筆，爲曾替人類社會或文化默默辛勤耕耘的「園丁」們，做最眞實的文字記錄。

⑩⓪桑樹下　繆天華　著

本書是作者在斗室外桑樹蔭的綠窗下寫就的小品散文。作者試圖在記憶的深處，尋回那些感人甚深的、發人深省的，或者趣味濃郁的人文逸事，不惟激勵讀者高遠的志趣，亦能遠離消沉、絕望的深淵。